Erzähl-Fee für Erwachsene

Ein Orgasmus macht alles gut, zwei machen alles besser!

Für Paare, Singles, Junge, Alte, Junggebliebene
und alle Menschen ab 18 Jahren!
Nicht für Jungfrauen und -männer geeignet!

novum pro

Dieses Buch ist auch als
e-book
erhältlich.

www.novumverlag.com

Bibliografische Information
der Deutschen Nationalbibliothek:

Die Deutsche Nationalbibliothek
verzeichnet diese Publikation in
der Deutschen Nationalbibliografie.
Detaillierte bibliografische Daten
sind im Internet über
http://www.d-nb.de abrufbar.

Gedruckt in der Europäischen Union
auf umweltfreundlichem, chlor- und
säurefrei gebleichtem Papier.

© 2024 novum Verlag

ISBN 978-3-99146-665-9
Lektorat: Susanne Schilp
Umschlagfoto:
Piotr Marcinski | Dreamstime.com
Umschlaggestaltung, Layout & Satz:
novum Verlag

www.novumverlag.com

Inhaltsverzeichnis

Alm

Es war ein sonniger, warmer Tag im Mai. Die Wiesen lagen in saftigem Grün, alles blühte, der Wald roch herrlich. Der eklig nasse April war vorbei, zum Glück. Sie waren beste Freundinnen, Anna und Lisa. Sie hingen schon im Kindergarten zusammen, waren unzertrennlich. So oft sie konnten, unternahmen sie Ausflüge zusammen, beide waren Single, Anfang dreißig, immer auf der Suche nach neuen Abenteuern. Diesmal hatten sie sich vorgenommen zu wandern, irgendwo in Österreich. Sie hatten sich ein Zimmer auf einem Bauernhof gemietet, war viel günstiger als ein Hotel. Außerdem wollten sie die Natur erleben. Sie reisten mit leichtem Gepäck, jede einen Rucksack auf dem Rücken, fertig. Sie brauchten keinen Luxus. Sie erreichten den Bauernhof. Sie staunten. Es war ein riesiges Areal, großes Bauernhaus, große Scheune für sämtliche Landmaschinen, verschiedene Ställe für die unterschiedlichsten Tiere. Der Hofhund kam schwanzwedelnd angerannt. Er war Fremde gewohnt. Er war zahm. Sie machten sich bemerkbar, die Bäuerin kam aus dem Haus und begrüßte die beiden. Sie war ungefähr Mitte fünfzig, füllig und sehr herzlich. Gerade als sie den Frauen ihr Zimmer zeigen wollte, kam ihr Sohn mit dem Traktor auf den Hof gefahren. Die Bäuerin stellte ihn den Frauen vor, er hieß Johannes, war fünfunddreißig Jahre alt. Er sah sehr gut aus, leicht gebräunte Haut, circa ein Meter neunzig groß, muskulös, schwarze Haare, braune Augen. Er musste ja muskulös sein, die Arbeit auf dem Hof machte sich schließlich nicht von allein. Lisa und Anna schauten sich an, zwinkerten sich zu. Sie fanden ihn beide sexy. Johannes verabschiedete sich eilig, er hatte noch viel zu tun. Die Bäuerin begab sich mit den Frauen aufs Zimmer, zeigte ihnen alles. Das original holzgeschnitzte Eichenbett von anno dazumal nahm fast den gesamten Raum ein. Auf dem Bett lagen Federdecken- und -kissen, in rot-weiß karierter Bettwäsche. Superkitschig. Neben der Tür stand der passende Kleiderschrank.

Die Decken waren niedrig, ein kleines Fenster mit karierten Gardinen rundete das Bild ab. Es passte alles zusammen. Es war urig gemütlich. Nachdem die Bäuerin den Raum verlassen hatte, hüpften die beiden in ihr Bett, natürlich in die ordentlich hergerichteten Federbettdecken. Sie freuten sich auf den vor ihnen liegenden Nachmittag. Viel wollten sie heute nicht mehr unternehmen, sie waren kaputt von der langen Anreise. Kurz ausruhen, eine Kleinigkeit essen und dann ein bisschen die Gegend erkunden. Anna hatte die Augen kurz geschlossen, als sie plötzlich den Zeigefinger von Lisa zwischen ihren Brüsten spürte. Sie grinste. Lisa griff unter Annas Top, spielte mit ihren Brustwarzen. Sie beugte sich über Anna und küsste sie gierig. Anna erwiderte ihren Kuss mit einem Lächeln. Lisas Hand fand jetzt den Weg in Annas kurze Hose, sie streichelte sie zärtlich an ihrer intimsten Stelle. Annas Atem ging schneller, sie wurde feucht. Lisas Finger begaben sich in Annas nasses Loch und spielten darin. Sie zogen sich jetzt gegenseitig die wenige Kleidung, die sie trugen, aus, knieten sich gegenüber und fingerten sich gegenseitig, während sie sich innig küssten. Es dauerte nicht lange, bis beide den Höhepunkt erreicht hatten, sie hatten schon länger keine Gelegenheit mehr zu bumsen. Sie waren beide nicht lesbisch, aber unter guten Freundinnen half man sich manchmal aus. Es war ihnen auch nicht peinlich, sie hatten schon öfter miteinander geschlafen, wenn sich eine Gelegenheit ergab. Sie mochten jedoch Sex mit Männern eigentlich lieber. Frisch gekommen zogen sie sich an und verließen ihr Zimmer. Sie wollten sich auf dem Hof umsehen. Als sie aus der Eingangstür schritten, trafen sie auf Johannes. Er entschuldigte sich für seine knappe Vorstellung vorhin, jetzt hatte er endlich Zeit. Er bot an, ihnen den Hof zu zeigen, einen Rundgang durch die Gebäude. Sie stimmten zu. Ihre Führung begann in der Maschinenhalle, er zeigte ihnen die Traktoren, den Mähdrescher und die restlichen Maschinen. Nebenan stand eine große Scheune, darin lagerten die Heuballen, darüber ein Boden mit frischem Stroh. Anna und Lisa sahen sich an, sie hatten beide den gleichen Gedanken, sie fanden die Vorstellung, auf dem Heuboden gebumst zu werden, sehr aufregend.

Nachdem die Hofführung beendet war, sagte Johannes ihnen, dass am Abend ein Hoffest stattfinden würde, mit Musik und Tanz, Essen und Trinken. Er lud sie herzlich dazu ein und verabschiedete sich. Er wollte sich noch frisch machen und sich anschließend in seine Lederhosen schmeißen. Anna und Lisa taten es ihm gleich, gingen duschen, machten sich hübsch. Die Bäuerin lieh ihnen zwei Dirndl, es sollte standesgemäß gefeiert werden. Und da sie aus der Stadt kamen, hatten sie Dirndl natürlich nicht im Repertoire und schon gar nicht im Gepäck. Die Kleider passten perfekt, sie umrundeten ihre schlanken Taillen, ihre runden Hüften und ihre wohlgeformten Busen. Mittlerweile war es neunzehn Uhr, sie begaben sich auf den Hof. Er war wunderbar geschmückt mit bunten Lichterketten, Sitzgarnituren, auf deren Tischen süße Tischdecken lagen, kleine Väschen mit Feldblumen rundeten das Bild ab. Einige Gäste waren schon eingetroffen, die Band spielte sich ein, das Grillbuffet wurde aufgebaut. Alles war noch ein bisschen in Vorbereitung, aber es konnte gleich losgehen. Anna und Lisa hielten Ausschau nach Johannes, konnten ihn aber nicht finden. Vielleicht machte er sich noch zurecht? Sie trafen die Bäuerin und fragten sie nach Johannes. Sie antwortete ihnen, dass er schon vor einer halben Stunde den Hof verlassen hätte, um seinen besten Freund Louis abzuholen. Aber sie würden sicher gleich zurück sein. Die Mädels holten sich ein Getränk, natürlich ein uriges Bier, nahmen an einem der Tische Platz und beobachteten die eintreffenden Gäste. Nach und nach kamen sie mit den Einheimischen ins Gespräch. Das waren alles sehr nette Menschen, gastfreundlich, herzlich. Plötzlich stand Johannes vor ihnen. Er strahlte sie an. Hinter Johannes kam Louis hervorgetreten, er stellte sich den Damen vor. Er war groß, blond, blauäugig, sah gut gebaut aus. Strahlend weiße Zähne, große Hände. Genau Lisas Typ. Die Jungs forderten die Mädels zum Tanz auf. Natürlich folgten die Mädels dem Wunsch der Jungs. Lisa tanzte mit Louis, Anna mit Johannes. Beide schmiegten sich eng an ihre Tanzpartner. Lisa drückte ihren vollen Busen eng an Louis Oberkörper, er atmete schon etwas schneller. Sie flüsterte ihm ihre schmutzigen Gedanken ins Ohr, ihm verschlug es fast den Atem, er bekam eine Erektion. Sie grinste ihn frech an, spürte seinen harten Schwanz an ihrem Unterleib. Auch bei ihr regte sich langsam etwas. Sie wurde feucht, sie wollte ihn, jetzt! Sie zog seinen Kopf zu sich herunter, leckte mit ihrer Zunge über seine Lippen und fragte ihn, ob er nicht Lust hätte, mit ihr auf den Heuboden zu verschwinden. Er grinste sie mit funkelnden Augen an, er musste gar nicht antworten. Lisa und Louis sprachen sich mit Anna und Johannes ab, auch die beiden hatten Lust auf etwas Abwechslung. Sie bewegten sich alle Richtung Scheune, Lisa konnte ihre Hände schon gar nicht mehr bei sich lassen, sie griff Louis während des Laufens schon in die Hose, nahm sein hartes Glied zwischen ihre Finger, spielte damit. Sie drehte sich nach Anna um, sah sie, steckte ihr die Zunge in den Hals. Die Jungs waren völlig verblüfft. Aber die Mädels waren für alles offen. Sie betraten die Scheune, knutschend und fummelnd. Um auf den Heuboden zu gelangen, mussten sie eine Leiter hinaufklettern. Lisa machte den Anfang, betrat langsam die erste Sprosse. Sie drehte sich zu Louis um, lächelte ihn lasziv an. Da ihr Dirndl sehr kurz war, konnte Louis einen Blick unter ihren Rock werfen, als Lisa die Hälfte der Leiter erklommen hatte. Er ging ihr zügig hinterher und steckte seinen Kopf unter ihr Kleid. Sie kicherte. Er wollte sie riechen, sie schmecken, sie fingern und richtig hart ficken. Nachdem er seinen Kopf unter ihrem Rock hervorgezogen hatte, steckte er schon einen Finger in ihre feuchte Vagina. Sie begann zu stöhnen. Noch immer standen sie auf der Leiter, er drängte sie nach oben, er wollte sie endlich nehmen. Anna und Johannes folgten ihnen. Als alle oben waren, küssten sich zuerst die Mädchen. Die Jungs ließen sich im Heu nieder und genossen das Schauspiel. Sie waren immer noch fasziniert von den Frauen, wie unkompliziert sie waren. Anna und Lisa entledigten sich ihrer Dirndl, streichelten sich wie am Vormittag, küssten sich, lachten. Jetzt drehten sie sich zu den Jungs um. Lisa setzte sich auf Louis, sie war bis auf ihren String vollkommen nackt. Louis Beule in der Hose wurde immer größer. Lisa beugte sich über Louis, steckte ihre Zunge in sein Ohr, er röchelte. Jetzt nahm sie seinen Kopf zwischen ihre Hände und küsste ihn leidenschaftlich. Er atmete immer schneller. Jetzt nestelte sie an seiner Lederhose, sie war schon einen Spalt geöffnet, sie steckte eine Hand hinein und hatte wieder seinen großen, harten Schwanz in der Hand. Er konnte es nicht mehr aushalten, er hob sie von sich runter, legte sie sanft rücklings ins Heu, zog seine Kleidung aus. Er kniete sich vor sie, spreizte ihre Beine und steckte zwei Finger in ihre feuchte Muschi. Er stieß sie mit sanften Bewegungen. Sie begann zu stöhnen, sie liebte es, gefingert zu werden. Jetzt legte er sich vor sie und leckte zärtlich ihre Schamlippen, wieder steckte er die Finger in sie und lutschte zusätzlich ihren Kitzler. Sie hatte die Augen geschlossen, genoss ihre Gefühle. Plötzlich merkte sie eine Zunge in ihrem Mund, sie öffnete die Augen, es war Anna. Anna kniete im Vierfüßlerstand über Lisa, küsste sie, während Johannes Anna von hinten verwöhnte. Auch Johannes hatte seine Zunge in Annas heißes, feuchtes Loch geschoben. Alle spielten miteinander und genossen es. Jetzt wollten die Damen die Herren verwöhnen, Louis legte sich wieder auf den Rücken, Johannes stellte sich hin. Die Mädels wechselten die Herren, Anna nahm sich Louis vor, Lisa Johannes. Sie nahmen die Schwänze der Jungs zwischen ihre Lippen sie lutschten sie, sie massierten sie mit den Händen, ließen ihre Zungenspitzen darauf tanzen. So etwas Aufregendes hatten die beiden Männer noch nicht erlebt. Lisa sah Johannes von unten feurig an, noch immer kniete sie vor ihm, hatte sie seinen Schwanz im Mund. Sie erhob sich, schubste ihn ins Heu und setzte sich auf ihn. Sie begann ihn zu reiten, ihr Becken kreiste mit seinem Schwanz hin und her, vor und zurück. So ausgefüllt wurde sie schon ewig nicht mehr. Sie spielte mit ihm, hoch und runter, schneller und wieder langsam. Johannes konnte kaum noch atmen, er war schon kurz vorm Höhepunkt, aber Lisa ließ ihn nicht kommen, sie wollte schließlich noch etwas mehr Spaß. Sie stieg von ihm ab, setzte sich mit ihrer geilen, feuchten, glattrasierten Vulva auf sein Gesicht und ließ sich erneut mit der Zunge verwöhnen. Sie warf einen Blick zu Anna, sie ließ sich in diesem Moment von hinten versorgen. Anna hatte den größten Schwanz in sich, den sie jemals erlebt hatte. Während Lisa auf Johannes Zunge saß, und Anna es sich von hinten besorgen ließ, beugten sich die Frauen zueinander und küssten sich heiß. Auch die Frauen waren kurz vor dem Höhepunkt, sie stöhnten laut und ausgiebig, sie atmeten sehr schnell. Stellungswechsel: Der letzte Akt hatte begonnen. Die Frauen legten sich auf den Rücken und ließen sich von den Männern ordentlich durchnehmen. Die Männer stöhnten, zogen ihre Schwänze aus den Damen und spritzen gleichzeitig ihren Erguss auf die Bäuche und Brüste der Frauen. Da die Frauen noch keinen Orgasmus hatten, fingerten die Männer sie zu ihren Höhepunkten. Sie genossen jede Sekunde, als sie ihre Orgasmen herausschrien. Es war wundervoll für alle. Sie legten sich alle nebeneinander ins Heu und schlossen die Augen, genossen das gerade Erlebte. So extrem geil hatte noch keiner von ihnen jemals gefickt. Als sie alle wieder zu Atem gekommen waren und der Puls sich normalisiert hatte, zogen sie sich an und verließen die Scheune. Da sie noch nichts gegessen hatten, hatten sie Hunger. Sie holten sich etwas vom Grill, und aßen und tranken, lachten, redeten und ließen den Abend gemütlich ausklingen. Anna und Lisa einigten sich mit den Jungs darauf, dass Johannes bei Anna schlief und Lisa und Louis zusammen in Johannes' Zimmer. Mittlerweile war es spät geworden, schon nach ein Uhr nachts. Sie waren müde und begaben sich zu Bett. Der Hahn weckte Lisa am nächsten Morgen, es war sechs Uhr. Es war so dunkel draußen, es regnete wie aus Eimern. Es donnerte, Gewitter in den Bergen. Sie drehte sich um, da sie etwas rascheln hörte. Sie war noch so müde, dass sie Louis fast vergessen hätte. Dieser schöne Mann lag neben ihr, sie ließ sich in ihr Kissen fallen, schloss die Augen und ließ ihre Gedanken schweifen. War das gestern Abend auf dem Heuboden wirklich passiert? Oder hatte sie geträumt? Sie war so in ihren Gedanken versunken, dass sie das Gesicht über sich gar nicht bemerkte. Louis legte seine Lippen auf ihre, sie erschrak. Als sie wieder zur Besinnung kam, erwiderte sie seinen Kuss stürmisch, sie hatte den gestrigen Abend nicht geträumt. Er legte sich neben sie, begann sie zu streicheln, zu küssen, überall zu berühren, zärtlich, liebevoll. Er küsste ihren Hals, sie lachte, er kitzelte sie. Er arbeitete sich zu ihrem nackten Busen vor, nahm ihre Brustwarzen zwischen seine Lippen knabberte sie leicht an, spielte mit seiner Zunge an ihnen. Wieder lachte sie, sie war sehr kitzelig. Er kam zu ihrem Bauchnabel, weiter zu ihrer Vagina. Sie war wieder heiß und feucht. Sie öffnete ihre Schenkel bereitwillig und freute sich auf seine Zunge und Finger. Er wollte sie ganz für sich haben, nicht mehr teilen so wie gestern Abend, er wollte nur sie spüren. Er legte sich auf sie und drang langsam und tief in sie ein, er hatte sich verliebt. Er stieß sie ganz zärtlich, sie stöhnte, atmete schnell, genoss seinen Schwanz in sich. Er küsste sie immer und immer wieder, während er sie liebte. Sie drehte sich um, legte sich auf den Bauch, er spreizte ihre Beine leicht und drang von hinten sie ein. Jetzt ging sie auf die Knie, sie wollte ihn noch tiefer in sich spüren. Seine Stöße wurden härter, schneller, wilder. Sie nahm ihre rechte Hand und streichelte sich zusätzlich, während er sie von hinten fickte. Ekstase pur. Sie kamen zusammen zum Gipfel der Gefühle, sie merkte wie sein Sperma in sie schoss. Ihre Pulse rasten, sie waren glücklich. Beide. Sie hatten sich gefunden.

Blaue Augen

Ihre Blicke trafen sich. Sie sah in himmelblaue Augen, er in rehbraune. Diese Augen kannten sich. Sie wusste sofort, mit wem sie es zu tun hatte. Er wohl auch, denn sein Lächeln mit den strahlend weißen Zähnen wurde immer breiter. Sie drückten und umarmten sich, begrüßten sich herzlich, denn sie hatten sich zwanzig lange Jahre nicht gesehen. Sie beschlossen, sich in einem Café niederzulassen, um über sich und alte Zeiten zu reden. Er war früher in ihrer Parallelklasse, zwei Jahrgänge über ihr. Trotzdem waren sie früher schon sehr gut befreundet, hingen in der Schule zusammen ab, fuhren gemeinsam mit dem Bus nach Hause, trafen sich in ihrer Freizeit im Freibad. Sie hatten einfach eine tolle Jugend. Schon während ihrer Schulzeit konnte man das Knistern zwischen ihnen spüren, mit zarten Küssen und Berührungen, kleinen Geschenken oder gemeinsamen Ausflügen. All diese wundervollen Augenblicke hatte sie in diesem Moment wieder vor Augen. Wie das Leben aber so spielte, ging er von der Schule ab, lernte einen Beruf, und man verlor sich aus den Augen. Sie lernten neue Menschen kennen, die auch nach und nach gute Freunde wurden, jeder lebte sein Leben auf seine Art und Weise. Sie fragte sich, warum sie diesen gutaussehenden, großen, durchtrainierten und charaktervollen Mann, so einfach aus ihrem Leben hatte verschwinden lassen. Jedoch kannte sie die Antwort. Sie ging mit Mitte zwanzig ins Ausland, um dort beruflich durchzustarten. Ihm ging es gut zu Hause, er heiratete, hatte ein schönes Haus. Er hatte seine Heimat nie verlassen. Jetzt war er geschieden und bereit für eine neue Zukunft. Er wusste nur noch nicht genau, wie diese aussehen sollte. Eine neue Liebe? Oder doch lieber ein aufregendes Abenteuer? Es stand in den Sternen. Und sie? Sie war zufrieden mit sich und der Welt. Sie hatte einen guten Job und alles, was sie zum Leben brauchte. Sie konnte sich allein versorgen, ihre Miete und Rechnungen bezahlen, war von keinem Menschen abhängig. Als sie so zusammen am Tisch saßen und über Gott und die Welt sprachen, berührten sich ihre Finger. Es knisterte. Die Freude über das Wiedersehen und das Gefühl der früheren Sorglosigkeit schlich sich wieder in ihre Köpfe. Da die Zeit wie im Flug verging und beide noch etwas zu erledigen hatten, zahlten sie ihre Rechnung und verabredeten sich für den gleichen Abend bei ihr zu Hause. Es sollte so werden wie früher, locker, leicht, sorglos, lustig und fröhlich. Sie verabschiedeten sich und blickten mit Vorfreude auf den bevorstehenden Abend. Ihr gingen tausend Gedanken durch den Kopf. Was sollte sie anziehen? Sollte sie etwas kochen oder bestellten sie etwas? Kamen sie überhaupt zum Essen? Hatte sie Wein daheim? Was hatten sie eigentlich vor? War es überhaupt eine gute Idee, ihn so schnell zu sich nach Hause einzuladen? Egal, Herz über Kopf! Sie ließ es auf sich zukommen. Sie verschwand schließlich zwei Stunden im Bad, um sich aufzuhübschen. Sie lag eine Stunde in der Badewanne, genoss das warme Wasser um ihren Körper herum. Der Badeschaum hing schon über dem Wannenrand. Sie wurde von Gefühlen durchflutet, die sie schon ewig nicht mehr hatte. Ihr wurde plötzlich ganz heiß. Ein zufälliger Blick auf die Uhr ließ sie aus ihren Gedanken schrecken. So spät schon? Eile war geboten. Sie musste sich ja schließlich noch rasieren und frisieren und schminken und anziehen. Alles war geschafft, es war kurz vor neunzehn Uhr, sie hatte für den Fall der Fälle schwarze Spitzenunterwäsche und Strapse angelegt. Dazu schwarze Seidenstrümpfe. Darüber ein rotes Minikleid, das ihre zarte Figur umschmeichelte. Sie sah einfach gut aus, top gestylt und wunderschön anzusehen. Ihr Herz schlug bis zum Hals, was würde er wohl sagen? Neunzehn Uhr. Es klingelte. Sie holte noch mal tief Luft, bevor sie die Tür öffnete. Ihre Blicke trafen sich erneut. Ihm stockte der Atem, so verzaubert war er von ihr. Als Gentleman brachte er natürlich eine Flasche Wein mit. Sie bat ihn herein. Seine Augen konnten nicht von ihr lassen, er zog sie förmlich damit schon aus. Er stellte den Wein weg, zog sie ganz nah an sich, und ohne ein Wort zu sagen, küsste er sie leidenschaftlich. Das nannte sie eine angemessene Begrüßung. Sie erwiderte seine Küsse genussvoll, ihre Zungen tanzten Tango. Er ließ seine Hände über ihren Körper gleiten, ihren strammen Busen, ihren flachen Bauch und ihren Po. Während sie sich berührten, betraten sie die Küche. Die Kochinsel stoppte sie. Während sie mit dem Rücken an der Arbeitsplatte stand, glitten seine Hände unter ihren Rock. Ihr Atem wurde schwerer. Er zog ihr langsam das Kleid aus, dabei küsste er ihren Bauchnabel, ihre schön geformte Brust, die noch in einem Spitzenbustier steckte, ihren Hals und ihren Mund. Erst jetzt konnte er sie in voller Schönheit betrachten. Die High Heels, die sie trug, machten ihre schlanken Beine noch länger. Jetzt öffnete sie ihm das Hemd, Knopf für Knopf. Sie liebkoste langsam seinen ganzen Oberkörper. Er legte den Kopf in den Nacken, um tief Luft zu holen. Sie öffnete seine Hose, um sie langsam nach unten zu schieben. Sein Glied wurde größer und größer. Sie spielte damit, ließ es zwischen ihren Fingern gleiten. Er stöhnte leise. Sie drehte sich um, reckte ihm mit leicht gespreizten Beinen ihre Rückansicht hin. Er ging in die Knie, um sein Gesicht zwischen ihre Schenkel zu strecken und ihre Vagina mit der Zunge zu liebkosen. Dabei streichelte er ihre Schenkel. Sie war feucht und warm. Jetzt suchten seine Finger den Weg in ihre Vagina, um ihr noch mehr Lust zu verschaffen. Sie drehte sich wieder nach vorne, er kam nach oben, sie küssten sich. Er hob sie auf den Herd, spreizte ihre Beine, um sich erneut ihrem Kitzler mit der Zunge zu widmen. Er zog ihren String mit einem Finger zur Seite und leckte sie, bis sie fast ihren Höhepunkt erreichte. Er kam wieder nach oben, packte sie am Po und zog sie zu sich ran. Jetzt konnte er tief in sie eindringen und mit harten Stößen befriedigen. Im nächsten Moment hob er sie von oben herab, stellte sie mit dem Bauch an die Kante, drückte sie sanft mit dem Busen auf die Herdplatte, damit ihr Po besser in seine Richtung zeigte. Er nahm ihr rechtes Bein nach oben und steckte seinen harten Schwanz in ihre Liebesgrotte. Ihre Körper bewegten sich im Takt. Sie stöhnten, sie schwitzten, sie lachten und kamen zeitgleich zum Orgasmus. Erschöpft und außer Atem verließen sie die Küche, um sich auf ihrem Bett niederzulassen. Sie zog ihre Wäsche aus, um seinen nackten Körper an ihrem zu reiben. Sie wollte ihn komplett spüren. Sie streichelte seine Brust, sie küsste ihn, sie streichelte seinen Po, sie küsste ihn. Sie schlang ihre langen Beine um ihn, um fest umschlungen mit ihm einzuschlafen. Sie war glücklich. Am nächsten Morgen wurde sie vom Geräusch der Dusche geweckt. Sie hüpfte aus dem Bett, ihre Gedanken kreisten um den gestrigen Abend. Es waren schöne Gedanken, sie zauberten ihr ein Lächeln ins Gesicht und ein freundliches Ziehen in den Bauch, das sie daran erinnerte, dass sie schon wieder Lust hatte. Sie betrat das Bad, sie zog den Duschvorhang langsam zur Seite und hatte den schönsten, muskulösesten Mann, den sie je gesehen hatte, vor sich stehen. In ihrer Dusche, nackt. Da war er wieder, dieser Moment. Lust pur. Sie trat in die ebenerdige Großraumdusche mit Regenduschkopf ein. Ihre Nippel wurden hart. Das warme Wasser umspülte ihre samtweiche Haut. Sie trat zu ihm und küsste ihn. Sie berührte ihn zärtlich. Ihre Hände glitten an seinen Penis. Hart und lang und schön, wie er war, massierte sie ihn mit sanftem Druck. Mit dem Gedanken im Kopf, wie er sie gestern Abend in der Küche verwöhnt hatte, ging sie in die Knie. Sie schaute ihn dabei aufreizend an, und ihr Mund zeigte das bezauberndste Lächeln, das er je gesehen hatte. Er wusste, auf was er sich jetzt freuen durfte. Sie nahm sein strammes Glied in ihren Mund und spielte mit ihrer Zunge an seiner Spitze. Sie sog und saugte an seinem Penis, sie lutschte ihn, küsste ihn, schob ihn, so tief es ging, in ihren Hals. Er keuchte vor Erregung. Jetzt konnte er es kaum noch aushalten, er nahm sie auf seine Arme, drückte sie an die Fliesen der Dusche und nahm sie im Stehen. Ihre langen Beine umschlungen ihn fest, sie liebte jeden einzelnen seiner harten Stöße. Jetzt spritzte er sein gesamtes, warmes Sperma in sie. Einen solchen Orgasmus hatte er schon lange nicht mehr erlebt. Er war sehr glücklich über das zufällige Zusammentreffen am Vortag. Während sie sich abtrockneten und anzogen, ließ er den gestrigen Abend Revue passieren. Er hatte ein dickes Grinsen im Gesicht. Er drehte sich zu ihr um, nahm sie in den Arm und bedankte sich für die schöne Zeit. Sie nahm seinen Dank gerne an, sie küssten sich wieder. Jetzt musste er sich leider für heute verabschieden, er hatte noch etwas zu erledigen. Er drückte ihr einen Kuss auf die Nase und ging aus der Tür. Sie war etwas enttäuscht. Was war passiert? Was hatte er plötzlich? Sie ordnete ihre Gedanken und Gefühle und ging ebenfalls aus dem Haus, um Besorgungen zu erledigen. Sie konnte sich kaum konzentrieren, die Bilder vom gestrigen Abend und dem heutigen Morgen gingen ihr nicht aus dem Kopf. Ständig sah sie ihn vor sich, wie sie ihn küsste, streichelte, sich an ihn schmiegte. Ihr Blut geriet schon wieder in Wallung, sie merkte, wie sie feucht wurde. In kürzester Zeit hatte sie alles erledigt und eilte nach Hause. Sie legte sich auf ihre Couch, sie hatte schmutzige Gedanken im Kopf, sie dachte an seinen Körper, seinen Schwanz, seine Augen. Sie begann sich zu streicheln, ihre Finger glitten in ihren String. Sie liebkoste ihre Schamlippen, sie steckte ihre Finger genüsslich in ihre heiße Vagina. Ihr Atem ging schneller. Sie griff nach ihrem Vibrator, sie drückte den Startknopf, die Vibration stand auf niedrigster Stufe, sie schob ihn zwischen ihren Schamlippen hin und her. Sie stellte sich seinen Prügel vor, sie war heiß, sie wollte ihn. Sie erhöhte das Tempo ihres Gummifreundes, spielte mit seiner Spitze an ihrem Kitzler, sie begann laut zu stöhnen. Es reichte ihr jedoch nicht, sie wollte mehr. Um ihrem Verlangen nachzugeben, führte sie sich das vibrierende Gerät vollständig ein. Sie bewegte es vor und zurück, so lange, bis der Höhepunkt kam, immer mit dem Gedanken, dass er es ihr jetzt besorgte. Plötzlich bekam sie eine Nachricht auf ihr Telefon. Eine SMS von ihm. Er fragte sie, ob sie sich zur Sauna verabreden wollten, zwanzig Uhr, Pärchen-Sauna. Sie war überrascht und erfreut, sie stimmte natürlich zu. Er holte sie neunzehn Uhr dreißig von zu Hause ab, aber er fuhr nicht ins Hallenbad mit Sauna. Sie standen vor einem Pärchen-Club. Er hatte sie ein wenig angeflunkert, er traute sich nicht sie zu fragen, ob sie ihn in einen Pärchen-Club begleiten wollte, er stellte sie vor vollendete Tatsachen. Er war auf ihre Reaktion gespannt. Sie war etwas zögerlich, aber insgeheim wollte sie schon immer mal einen solchen Club besuchen. Sie fand es spannend und aufregend. Sie vertraute auf ihr Gefühl, sie wusste, dass er an ihrer Seite war. Außerdem war sie extrem neugierig, wie es in solch einem Etablissement wohl aussah. Schon vor der Tür konnten sie kaum die Finger voneinander lassen. Sie traten freudig ein, legten ihre Kleider ab und hüllten sich in zwei große Strandtücher. Jetzt betraten sie die Dampfsauna. Er war so voller Lust, dass sich bereits eine Beule unter seinem weißen Handtuch abzeichnete. Sie waren um diese frühe Uhrzeit noch die einzigen Gäste in der Sauna, es hätte ihn aber nicht gestört, wären noch andere Menschen anwesend gewesen. Er legte sein Handtuch auf die unterste Stufe der Saunabänke. Er war so erregt, dass er das Tuch über sein Glied hätte hängen können, so gerade stand es. Sie grinste ihn voller Begierde in ihren Augen an, und ohne lange zu zögern platzierte sie ihn auf der Holzbank. Sie setzte sich voller Genuss und feuchter Vagina auf seinen harten Schwanz. Sie ritt ihn, erst ganz zärtlich, dabei küsste sie ihn hingebungsvoll, dann immer schneller und schneller. Ihre Brüste schaukelten auf und ab, den Kopf in den Nacken gelegt, die Hände auf seinen prachtvollen Oberschenkeln abgelegt, ließ sie sein Glied rein und raus gleiten. Er nahm ihren vollen Busen in die Hände und liebkoste ihre Nippel. Jetzt bat er sie, sich auf den Bauch zu legen. Er öffnete ihre Schenkel leicht, er legte sich auf sie, um ganz tief in ihren engen Schlitz einzudringen. Sie keuchte, er spielte ganz langsam mit ihr. Ihre Körper waren mit Schweißperlen übersät. Er wurde wilder, sie streckte ihm ihren Po entgegen, sodass er noch tiefer in sie stoßen konnte. Pure Leidenschaft durchströmte ihre Körper und Seelen. Schweißgebadet verließen sie die Sauna. Sie erforschten gemütlich den Club, schauten sich neugierig um, nahmen eine kühle Erfrischung zu sich. Auf der Suche nach dem Whirlpool blieb ihr Blick an einem besonderen Raum hängen. Sie öffneten neugierig die Tür. Ein weiterer gutaussehender Herr schaute sie neugierig an. Er hatte eine freundliche Ausstrahlung. Er bat sie herein, fragte sie, ob sie nicht Lust auf etwas Ausgefalleneres hätten. Er schlug ihnen einen Dreier vor. Sie stimmten ihm zu, da auch sie so etwas schon ausprobieren wollten, sich aber niemand Drittes gefunden hatte. Sie legte sich auf den Rücken, schloss die Augen. Einer der Herren küsste sie auf den Mund, der andere küsste zärtlich ihren Intimbereich. Sie wurde an sämtlichen Körperstellen geküsst, geleckt, massiert. Es war einfach herrlich. Solche Gefühle hatte sie bis dato noch nie erlebt. Sie ging auf die Knie, nahm das Glied ihres Freundes in den Mund, während der Fremde sie von hinten nahm. Er stieß sie hart und kraftvoll, während ihre Zungenspiele genauso hart und kraftvoll am Penis ihres Freundes ausfielen. Jetzt tauschten die Männer. Sie legte sich wieder auf den Rücken, einer nahm sie von vorne, währenddessen sie den anderen Schwanz mit Händen und Zunge versorgte.

Als sich der Höhepunkt anbahnte, spritzten die Herren ihr auf Busen und Bauch. Es war vollendet. Ein solches Erlebnis hätte sie sich niemals träumen lassen.

Die Montags-Frau

Sophie war glücklich verheiratet, Ende dreißig, beruflich gut aufgestellt. Sie hatte oft und regelmäßig Sex mit ihrem Mann Timo, es war immer schön. Jedoch träumte sie von einem Abenteuer. Sie wollte mit einem anderen Mann schlafen, einem, den sie schon lange kannte, und mit dem sie schon früher Verkehr hatte. „Früher" war allerdings schon knapp zwanzig Jahre her, trotzdem träumte sie nach wie vor von ihm. Auch konnte sie sich vorstellen, einen Dreier mit ihren Männern zu veranstalten. Es gab Tage, da dachte sie ausschließlich an Sex, dann war sie feucht und geil und konnte sich kaum auf ihre Arbeit konzentrieren. Wenn sie dann abends heimkam, freute sie sich auf ihren Mann, sie wollte ihn ficken. Meistens taten sie es dann auch ausgiebig. Allerdings fehlte ihr in letzter Zeit etwas. Obwohl sie jedes Mal befriedigt wurde, wünschte sie sich einen zweiten Mann dazu. Zwar redete sie mit ihrem Mann über alles, war aber etwas zögerlich, was dieses Thema betraf. Sie wusste nicht, wie er reagieren würde. Er merkte aber, dass sie etwas bekümmerte, und fragte sie danach. Jetzt fasste sie sich ein Herz und erzählte ihm von ihrem Wunsch. Er war überrascht. Er war jedoch freudig überrascht. Auch er hatte sich schon in Gedanken ausgemalt, wie wohl ein Dreier mit ihr wäre. Sie erzählte ihm von ihrem Jugendfreund Paul, und dass er der passende Kandidat wäre, sie müsste ihn nur fragen, ob auch er es sich vorstellen könnte. Er war schließlich auch verheiratet. Sie wusste jedoch durch Textnachrichten, dass seine Frau keinen Spaß an Sex hatte, er dafür umso mehr. Er litt förmlich unter ihrer Lustlosigkeit. Sie schrieben sich regelmäßig tauschten erotische Fotos aus. Er fotografierte seinen harten Schwängel für sie unter der Dusche, sie fotografierte ihren runden Busen mit den steifen Nippeln oder ihren Unterleib in sexy Unterwäsche. Sie waren heiß aufeinander. Da ihr Mann mittlerweile sämtliche Chats und erotischen Bilder kannte und mitlas, beschlossen sie, sich ganz ungezwungen in einem Biergarten zu treffen, sich etwas besser kennenzulernen und zu reden. Mittlerweile war es Mai, das Wetter passte, es war herrlich warm. Sie redeten über dies und das, über Gott und die Welt. Sie saß Paul gegenüber, sah ihm direkt in seine schönen, blauen Augen. Sie zog ihre Schuhe unter dem Tisch aus, legte ihren Fuß zwischen seine Beine, lächelte ihn freudestrahlend an und massierte seine Eier. Ihm stockte der Atem, Paul fasste sich aber schnell wieder. Als der Kellner kam, zog sie ihr Bein zurück und zwinkerte Paul zu. Das sollte ein kleiner Vorgeschmack auf die kommende Zeit sein. Der Nachmittag verstrich schnell, sie verabredeten ein Treffen für kommendes Wochenende bei Sophie und Timo. Der Abend brach herein, und sie machten sich auf den Nachhauseweg. Sie verabschiedeten sich, drückten sich herzlich. Zu Hause angekommen waren beide geil. Sie zogen sich gegenseitig im Flur aus und fielen übereinander her. Sie fickten so hemmungslos wie schon lange nicht mehr. Sie freuten sich auf das kommende Wochenende. Frisch befriedigt schliefen sie nebeneinander ein. Samstagabend, neunzehn Uhr. Es klingelte. Sophie und Timo sahen sich an, öffneten die Tür. Sophies Augen glänzten vor Freude, als sie Paul so dastehen sah, sie begrüßten sich, baten ihren Gast herein. Sie boten ihm einen Drink an, er nahm dankbar an. Er war etwas aufgeregt, aber das sollte sich schnell legen. Sie stießen gemeinsam an, die Herren mit Whisky-Cola, die Dame mit Sekt. Sophie hatte es gemütlich gemacht, leise Musik im Hintergrund, romantische Beleuchtung. Sie nahmen alle auf der Couch Platz, kamen ins Gespräch über alles Mögliche. Die Herren saßen bequem, mit dem Rücken an die Couchkissen gelehnt, entspannt die Beine hochgelegt. Sophie kniete sich zwischen die beiden, sodass sie den Männern direkt in die Augen sehen konnte. Sie legte ihre Hände auf die Hosen der Männer und begann deren Glieder zu liebkosen. Sie streichelte sie, sie drückte sie, mal fester, mal weniger fest. Sie sah Paul in die Augen, beugte sich zu ihm hinüber und küsste ihn leidenschaftlich. Jetzt wechselte sie zu ihrem Mann, steckte ihm die Zunge in den Hals. Die Herren atmeten schneller. Da es für die

Jahreszeit schon relativ warm war, trug Sophie nur ein kurzes Röckchen, ein Neckholder-Top und natürlich einen Spitzenstring. Dazu hohe Schuhe. Sie sah gut aus. Sie war von Natur aus schlank, sie konnte alles tragen. Die Herren trugen knielange Hosen, weiße Shirts und Turnschuhe. Sie sahen alle sehr gut aus. Paul hatte knapp zwei Meter Körperlänge, Timo war etwas kleiner. Paul legte seine linke Hand auf Sophies Busen, streichelte sie zärtlich. Ihre Nippel wurden hart, drangen durch ihr dünnes Top. Timo ließ seine linke Hand zwischen ihre Schenkel gleiten. Sie wurde feucht, hatte Gänsehaut am ganzen Körper. Wieder widmete sie sich Paul, öffnete seine Hose, unter der er natürlich keine Shorts trug, holte sein Gemächt heraus und bearbeitete es. Er schloss die Augen, während sie ihn küsste und zeitgleich seinen harten Schwanz massierte. Jetzt kniete sie sich neben Paul, nahm seinen Prügel zwischen ihre Lippen. Ihren Po reckte sie in Richtung ihres Mannes. Timo setze sich hinter sie, steckte seine Zunge in ihre Vagina und leckte sie ausgiebig, während sie Paul oral verwöhnte. Jetzt war Sophie richtig geil und heiß, sie setzte sich auf Paul, begann ihn zu reiten, während sie ihm ihre Brüste entgegen reckte, damit er sie zwischen seine großen Hände nehmen und damit spielen konnte. Sie stöhnten, sie stieß ihr Becken vor und zurück, machte ihn schier wahnsinnig. Timo sah sich alles genau an. Er streichelte sich selbst, er fand es überaus erotisch, seine Frau so zu beobachten. Jetzt stellte er sich neben seine Frau, hielt ihr seinen Schwanz hin. Sie nahm ihn in den Mund, leckte ihn, liebkoste ihn, während sie noch immer Paul ritt. Da auch Timo etwas von seiner Frau haben wollte, wechselten sie jetzt die Stellung. Sie kniete sich vor Paul, nahm sein Glied in Hand und Mund, während Timo von hinten tief in sie eindrang. Sie atmete schnell, sie war kurz vor dem Höhepunkt. So etwas Sinnliches, Erotisches hatte sie sich nie träumen lassen. Sie legte sich jetzt auf den Rücken, schloss einen Moment die Augen. Paul beugte sich über sie, küsste sie auf den Hals, küsste ihr Schlüsselbein, küsste ihre Nippel, ihren Bauchnabel, ihre Scham. Timo schaute zu. Paul ließ seine Finger in ihren Schlitz gleiten, legte seinen Daumen auf ihren Kitzler, massierte ihn. Sophie war außer sich vor Erregung. Er spreizte ihre Schenkel und drang jetzt fest in sie ein. Sie schrie, solche Gefühle kannte sie nicht. Er schob seinen harten Schwanz rein und raus, mal schneller, mal langsamer. Er schlang ihre schmalen Beine um seinen Hals, um noch tiefer in sie stoßen zu können. Die Zunge ihres Mannes steckte unterdessen in ihrem Mund. Seine Hände massierten ihre Brust. Sie kam zum Orgasmus. Den schönsten und besten, den sie je erlebt hatte. Paul spritzte seinen gesamten Samen während seiner letzten Stöße in sie hinein, auch er war gekommen. Er keuchte, er ließ von ihr ab. Auch Timo wollte endlich kommen, er setzte sich auf sie, sie nahm sein Glied in den Mund und in ihre Hände, sie leckte seine Eichel, sie ließ sein Glied zwischen ihren Händen hoch und runter gleiten, er spritzte ihr auf den Busen und auf den Bauch. Es war ein herrlicher Anblick. Sie sah ihren Männern überglücklich in die Gesichter. Sie waren alle sehr zufrieden mit dem Abend. Nach dem Akt tranken sie noch eine Kleinigkeit, plauderten, bis sie sich schließlich voneinander verabschiedeten. Natürlich wollten sie sich bald wieder treffen, da auch Paul entzückt von diesem Erlebnis war. Die Wochen vergingen, es war schon Sommer. Sophie und Timo schwärmten immer noch von ihrem Dreier. Sophie stand noch immer in regelmäßigem Kontakt zu Paul. Paul hatte Feuer gefangen, jedoch für Sophie. Obwohl er den Dreier genossen hatte, wollte er noch einmal Sophie für sich allein haben. Sophie wusste das, auch sie hatte Lust auf Paul. Ohne ihren Mann. Sie sprach Timo darauf an, ohne zu überlegen. Timo war zunächst nicht begeistert, hatte er ja seine Frau erst kürzlich mit Paul geteilt. Aber Sophie ließ nicht locker, sie überzeugte Timo davon, sie allein mit Paul schlafen zu lassen. Sie wollte nicht fremdgehen, nur seine Erlaubnis zum Seitensprung. Timo machte alles, um seine Frau glücklich zu sehen, also erlaubte er es ihr. Es war Montag, sie hatte frei. Sie dachte seit Wochen an nichts anderes mehr, als sich mit Paul zu treffen um mit ihm zu schlafen. Schon der Gedanke an ihn verschaffte ihr ein Kribbeln im Bauch. Sie schnappte sich ihr Telefon und schrieb ihn an. Er musste wahrscheinlich arbeiten, er war Handwerker. Aber es dauerte nicht lange, bis er antwortete. Er hatte tatsächlich heute Mittag ab zwölf Uhr Zeit. Sie war überrascht, da sie nicht damit gerechnet hatte. Aber sie lud ihn zu sich ein. Sie war aufgeregt, sie musste noch duschen, sich rasieren, etwas Passendes zum Anziehen finden. Ihr gingen so viele Gedanken durch den Kopf. Wie würde es sein? Sie ließ es auf sich zukommen, sie ging duschen. Sie machte sich Gedanken über ihre Kleidung, es musste sexy Wäsche sein, sie wollte ihn schließlich richtig verführen. Sie entschied sich für einen roten, mit Spitze besetzten Body, einen, der ihre Figur im richtigen Licht erscheinen ließ, ihren üppigen Busen zur Geltung brachte. Sie war sehr zufrieden. Sie stellte sich vor, wie er über ihre frisch rasierte Muschi leckte, seine Finger in ihr spielen ließ. Ihr wurde jetzt schon heiß. Das warme Wasser auf ihrem Körper entspannte sie, sie dachte nur an ihn. Ihr Handywecker ließ sie aus ihren Gedanken aufschrecken. Schon elf Uhr, sie musste sich etwas beeilen. Sie stieg aus der Dusche, trocknete sich ab, legte ein Tages-Make-up auf, frisierte sich. Den Body, den sie trug, hatte sie mit ihrem Mann zusammen ausgesucht und gekauft. Sie dachte an ihn, hatte schon fast ein bisschen ein schlechtes Gewissen. Aber Timo wusste, was bei ihm daheim los war. Sie hatte ihm Bescheid gesagt. Sie zog einen leichten Kimono über, sie sah einfach geil aus. Hohe Schuhe dazu, fertig. Es klingelte, Paul stand vor der Tür. Er strahlte sie an, sie zog ihn förmlich zur Tür rein. Sie schlang ihre Arme um seinen Hals und küsste ihn. Freude pur. Er hob sie auf seine starken Arme und erwiderte ihren Kuss. Er trug sie ins Wohnzimmer, er kannte den Weg ja schon, stellte sie vor sich. Er fragte sie nach einem Schluck Wasser, er war aufgeregt, und ihm war heiß. Natürlich hatte sie Wasser für ihn. Sie war jedoch so stürmisch, dass sie ihm, gleich nachdem er sein Glas abgesetzt hatte, erneut ihre Zunge in den Hals steckte. Sie freute sich so sehr auf ihn. Wieder standen sie voreinander, sie steckte ihre Hände unter sein Shirt, streichelte seine starke Brust, seinen muskulösen Bauch, seinen Rücken. Er genoss es sichtlich. Sie zog ihm das Shirt über die Arme, küsste ihn dabei. Sie öffnete seine Hose, küsste ihn dabei. Sie schob ihn Richtung Couch, küsste ihn dabei. Er hatte einen solch schönen Körper, lange Beine, muskulöser Oberkörper, große Hände. Sie liebte große Hände an einem Mann. Sie platzierte ihn vor sich auf die Couch. Sie ging in die Knie, leckte seine Eier, saugte daran, nahm seinen Schwanz in die Hand, saugte daran, leckte seine Eichel, mal zärtlich, mal wild. Er atmete schneller. Er hatte die Augen geschlossen, genoss sein Erlebnis. Sie erhob sich langsam, ließ ihre Zunge zu seinem Bauchnabel gleiten, zu seiner Brust, zu seinem Hals, zu seinem Mund, in dem ihre Zunge schlussendlich verschwand. Er packte sie, legte sie auf den Rücken. Er öffnete ihre Schenkel, küsste die Innenseiten ihrer schlanken Beine, arbeitete sich zu ihrem magischen Dreieck vor. Er kitzelte ihre Vulva mit seiner Zunge, sie keuchte vor Erregung. Er nahm seinen Zeigefinger und steckte ihn in ihren nassen Schlitz, er stieß sie zärtlich. Jetzt steckte er wieder seine Zunge in sie, ließ sie über ihre Schamlippen gleiten, leckte ihren Kitzler. Sie bäumte sich auf, würde er so weitermachen, käme sie gleich zum Orgasmus. Sie zog ihn zu sich nach oben, küsste ihn innig. Zeitgleich drang er in sie ein, es war ein herrliches Gefühl. Sie war komplett ausgefüllt, er hatte den geilsten, größten Schwanz, den sie je bei einem Mann erlebt hatte. Er stieß sie leidenschaftlich. Sie wechselten die Stellung, jetzt saß sie auf ihm. Während sie ihn ritt, legte er seinen Daumen auf ihren Kitzler und massierte diesen zusätzlich. Sie konnte ihren Orgasmus nicht mehr aufhalten, sie kam, und dass nicht leise, sie schrie vor Lust. Sie beugte sich zu seinem Ohr, flüsterte ihm zu, dass er sie noch einmal von hinten nehmen sollte. Das ließ er sich nicht zweimal sagen. Er stellte sie an die hohe Lehne des Sofas, stellte ihr rechtes Bein auf die Sitzfläche, legte ihren Oberkörper auf die Lehne und nahm sie von hinten. Er zog seinen Penis aus ihr raus und spritzte seinen Erguss auf ihren Rücken. Jetzt war auch er fertig. Sie waren beide erschöpft, sie gingen schnell zusammen duschen, kleideten sich wieder an. Noch ein kurzer Plausch, dann verabschiedeten sie sich voneinander. Sie wollten ihr Erlebnis auf jeden Fall wiederholen. Als ihr Mann abends von der Arbeit kam, war sie noch immer aufgeregt. Es sprudelte nur so aus ihr heraus, sie erzählte ihm jedes Detail. Timo war ein bisschen eifersüchtig, doch durch die Erzählungen seiner Frau wurde auch er geil und bekam einen Ständer. Der Gedanke, sie mit Paul zu sehen, machte ihn wahnsinnig. Er wollte wieder dabei sein. Er begab sich unter die Dusche. Als er den Duschvorhang vorgezogen und die Brause angestellt hatte, schloss er die Augen. Er stellte sich vor, wie Paul sie fickte. Seine Latte wurde immer größer. Ein leichter Windzug ließ ihn frösteln, er drehte sich um und sah seine Frau vor sich stehen. Sie lehnte sich barbusig an seinen Rücken, nahm seinen Prügel in ihre rechte Hand und begann ihn zu streicheln. Timo stöhnte, es würde nicht lange dauern, bis er den Höhepunkt erreichen würde, er war so geil. Sein Kopfkino ließ die Sache schneller werden. Er drehte sich zu ihr um, sie ging in die Knie und nahm seinen harten Schwanz in den Mund. Sie lutschte und leckte ihn, bis er seinen Samen über sie ergoss. Es ging zwar schnell, aber er hatte kein schlechtes Gewissen dabei, sie war ja heute schon rangenommen worden. Sie verließen das Badezimmer und machten sich einen gemütlichen Abend. Sie redeten über den heutigen Tag. Timo sah das Strahlen in ihren Augen und war glücklich. Sie gingen zu Bett. Wieder verstrichen die Tage, wieder war es ihr freier Montag. Ihr Mann hatte heute Morgen früh das Haus verlassen müssen, er musste diese Woche auf Montage, Baustelle am Arsch der Welt. Normalerweise machte er keine Montage, dieses Mal ließ es sich leider nicht vermeiden. Es war ganz ungewohnt, ohne ihn allein daheim zu sein. Sie ließ ihre Gedanken schweifen, als plötzlich ihr Telefon piepte. Eine Textnachricht von Paul. Er schrieb, dass er heute Urlaub hätte, dass seine Frau nicht zu Hause sei, und ob sie nicht Lust hätte, sich mit ihm zu treffen. Natürlich! Sie rief ihn an. Sie besprachen alles Weitere. Kurz darauf zog sie sich an, fuhr in die Stadt. Sie hatten sich zum Essen verabredet. Sie trafen sich vor einem italienischen Restaurant. Sie begrüßten sich herzlich. Er legte seine Hand auf ihren Po, um zu fühlen, ob noch alles dran war. Sie grinste ihn an. Sie betraten das Lokal. Es lag tief unter der Stadt, sie mussten etliche Treppenstufen hinab-steigen, dafür war es im Inneren umso gemütlicher. Schumm-riges Licht, leise italienische Musik, Kerzen auf den Tischen und an den Wänden. Es war herrlich romantisch. Sie nahmen Platz und ließen sich bedienen. Sie aßen und tranken, sie plauderten über die vergangenen Jahre, über ihre Jugend, ihre Familien, ihre Berufe. Sie lachten, sie wurden wieder ernst, sie lachten wieder. Ein schöner Nachmittag neigte sich dem Ende zu. Es war schon siebzehn Uhr. Er zahlte die Rechnung und schob sie die Treppe hinauf. Sie lachte. Noch auf der Treppe stoppte sie ihren Gang, drehte sich um und küsste ihn ohne Vorwarnung. Da sie etwa einen Kopf kleiner war als er, konnte sie, eine Stu-fe über ihm stehend, direkt in seine blauen Augen sehen und seinen Mund erforschen. Er genoss den leidenschaftlichen Kuss, denn er hatte in letzter Zeit oft an sie denken müssen. An den Dreier mit ihrem Mann, an ihr Treffen bei ihr daheim. Seine Frau hatte er schon fast aus seinen Gedanken verdrängt und nur noch Sophie im Kopf. Sie verließen die Treppe und gingen vor die Tür. Er hatte noch eine Überraschung für sie in petto. Er flüsterte ihr etwas ins Ohr, sie sah ihn an, strahlte ihn an, und gingen zu seinem Auto. Sie stiegen in den Wagen und ver-ließen die Stadt. Da er natürlich wusste, dass ihr Mann nicht zugegen war und seine Frau mit ihren eigenen Dingen beschäf-tigt war, konnte er sich diese heutige Auszeit durchaus erlau-ben. Er fuhr aufs Land, wo er eine kleine Ferienwohnung ange-mietet hatte. Eine Nacht, nicht länger. Sie betraten die Wohnung, sie war klein aber fein eingerichtet. Ein kleines Badezimmer mit Wanne und Waschmaschine, eine kleine Küchenzeile, im Wohn-zimmer ein Sofa mit Fernseher, ein Schlafzimmer mit Doppel-bett und Fernseher. Sie sahen sich um, inspizierten alles genau. Er ging zum Kühlschrank, in dem er schon Sekt kaltgestellt hat-te. Er war heute Morgen schon hier gewesen, um den Schlüssel zu holen und den Kühlschrank aufzufüllen. Gegessen hatten sie ja schon. Und Sekt kaltzustellen ist ja irgendwie auch wie Kochen. Egal, er wusste, dass sie Sekt liebte. Er wollte ja auch etwas trinken. Er öffnete die Flasche, goss ihr und sich etwas

Prickelbrause ein und sie stießen an. Sie sahen sich in die Augen und tranken etwas. Ihr wurde ganz warm. Ihr Herz hüpfte freudig auf und ab. Sie stellten ihre Gläser beiseite, er nahm sie in den Arm, drückte sie fest an sich, er wollte sie gar nicht mehr loslassen. Er roch an ihrem Haar, das erinnerte ihn an früher. Er küsste ihren Hals, ihren Mund, ihren Busen. Er zog ihr Top über die Arme, die Hose von den Hüften. Sie trug schwarze Spitzenunterwäsche. Sie war so schön, wie sie so dastand. Sie gingen ins Schlafzimmer, er legte sich aufs Bett, die enge Shorts noch am Körper, den Rest hatte er schon ausgezogen. Sie setzte sich vor ihn. Sie legte den rechten Fuß zwischen seine Beine und begann, seine Eier zu massieren. Er stand auf ihre Füße, sie waren ganz schlank, sie hatte lange Zehen. Die Beule in seiner Shorts wurde zusehends größer und härter. Er hatte die Augen geschlossen und konzentrierte sich auf ihre Füße. Er genoss die Massage. Sie beugte sich über ihn und zog ihm die Shorts von den Hüften. Sie wollte seinen kompletten Schwanz haben, ohne Stoff dazwischen. Sie hatte eine Tube Massageöl mitgebracht, das sie zur Hand nahm. Sie ölte sein Gemächt ein, sie ölte ihre Füße ein. Sie setzte sich wieder vor ihn, nahm seinen Knüppel zwischen ihre Füße und knetete ihn. Er keuchte, er stöhnte, er stützte sich auf seine Ellenbogen, um sie dabei anzusehen. Es war ein schöner Anblick, er genoss jeden Augenblick. Er kannte dieses Gefühl nicht, dieses Gefühl von Freiheit, Geborgenheit, kein Blatt vor den Mund nehmen zu müssen. Seine eigene Frau würde so einen „Schweinkram" niemals mitmachen. Sie wollte immer nur Blümchensex, am besten im Dunkeln. Er durfte sie nicht mal lecken, das fand sie unnatürlich und ekelig. Jetzt hatte er eine tolle Frau halb nackt vor sich sitzen, die ihm jeden sexuellen Wunsch erfüllen konnte und das auch wollte. Sie war in keinster Weise verklemmt oder schüchtern, im Gegenteil, sie war extrem experimentierfreudig. Das bewunderte er so an ihr, das machte ihn glücklich. Genug gefüßelt, er zog sie zu sich nach oben, küsste sie. Er nahm sie auf seine Arme und trug sie ins Bad. Er zog ihr den schönen BH aus, er zog ihr den Slip aus, langsam, sinnlich. Er stellte sie breitbeinig vor die Waschmaschine, ging in die Knie, leckte ihr Fötzchen. Sie begann schneller zu atmen. Sie liebte es, geleckt und gefingert zu werden. Sie streckte ihm ihren knackigen Po entgegen, er ließ seine Zunge jetzt noch etwas schneller über ihre Vagina gleiten. Sie war so schön nass. Er erhob sich, drückte sie mit dem Oberkörper auf die Waschmaschine und steckte seinen harten Schwanz von hinten in ihren Schlitz. Nach einer Weile im Stehen, setzte er sie vor sich auf die Maschine, er spreizte ihre Schenkel, drang in sie ein. Er hob sie auf seine Hüften, trug sie wieder ins Schlafzimmer, setzte sich auf die Bettkante und ließ sich reiten. Gemeinsam kamen sie zum Höhepunkt, laut und verschwitzt. Sie lachten sich an, legten sich nebeneinander hin und kuschelten sich aneinander, bis sie einschliefen. Am nächsten Morgen erwachte sie früh, sie drehte sich zu Paul um, sah ihn an. Er war ein wunderschöner Mann, das erste Mal überhaupt sah sie ihm beim Schlafen zu. Sie streichelte seine Brust, seinen Bauch, ihre Finger glitten zu seinem Schwanz, er regte sich wieder. Langsam wurde Paul wach, noch immer streichelte sie ihn. Er wusste im ersten Moment gar nicht, wo er war, was mit ihm geschah. Jetzt sah er sie an, er strahlte sie an. Er blickte auf seine Uhr, schon zehn. Ein schnelles Nümmerchen war noch drin, dann mussten sie die Wohnung verlassen. Ein schnelles Frühstück beim Bäcker um die Ecke, hier kannte sie ja keiner, dann ging es zurück in die Stadt. Er fuhr sie zu ihrem Wagen, sie verabschiedeten sich leidenschaftlich. Es sollte ein paar Wochen dauern, bis sie sich wieder treffen konnten.

Ein paar Wochen später hatte sie frei. Und es war wieder ein Montag ...

Dorf

Es war Winter, eiskalt, der Schnee lag einen halben Meter hoch. Sie arbeitete als Kellnerin in einem Dorfgasthaus weit außerhalb der Stadt. Damit sie nicht jeden Abend nach Hause fahren musste, stellte ihr Chef ihr ein Zimmer zur Verfügung. Er hatte neben seinem Gasthof noch eine kleine Pension, sie war jetzt im Winter menschenleer. Kaum jemand verirrte sich in sein Gasthaus, geschweige denn in seine Pension. Also hatte sie freie Auswahl. Sie bezog ein Zimmer unter dem Dach. Sie liebte Dachzimmer, sie fand es einfach viel gemütlicher, viel kuscheliger und wärmer als in ihrer Stadtwohnung im zweiten Stockwerk. Sie hatte alles, was sie brauchte, vor Ort, Kissen, Decken, eine eigene Dusche im Zimmer, ein riesiges Doppelbett. Essen konnte sie im Gasthof. Im Dorf gab es eine kleine Drogerie, einen Supermarkt, eine Bäckerei, eine Tankstelle. Sie war gut versorgt. Sie richtete sich IHR „Dach-Schloss" heimelig ein, im Grunde genommen nur für vier bis sechs Stunden Schlaf, den Rest der Zeit arbeitete sie. Trotz des Winters und des fast ausgestorbenen Ortes kam die Dorfgemeinschaft wöchentlich zum Stammtisch. Von Jung bis Alt – alle waren vertreten: der Bürgermeister, der Tankwart, die Hausfrau, der Rentner, die Dorfjugend. Sie waren eine trinkfreudige Dorfgemeinschaft. Jeden Sonntag nach der Wanderrunde schlugen sie in der Kneipe auf. Sie hatte gut zu tun, um alle Gäste zu versorgen. Bier zapfen, Essen rausbringen, Schnäpse ausschenken, abkassieren. Einer der Dorfburschen hatte ein Auge auf sie geworfen. Sie sah ja auch gut aus. Sie war blond, schlank, hatte rehbraune Augen. Er war groß, schwarzhaarig, hatte strahlend blaue Augen, schneeweiße Zähne, vom Solarium gebräunte Haut. Er war drei bis vier Jahre älter als sie, ein gestandener Mann. Seine Wimpern waren für einen Kerl außergewöhnlich dicht, lang und schwarz. Sie wusste nicht, was sie von ihm halten sollte. Seine Eltern waren Pädagogen, sein Bruder trank gerne viel, hatte schon Familie.

Er selbst hatte einen Job in der Stadt im Schichtdienst. Sehr gesprächig war er nicht, nur seine Augen verfolgten jeden ihrer Schritte. Sie bediente ihn wie jeden anderen Gast, herzlich, freundlich, aber mit genügend Abstand. Nach und nach kamen auch seine Freunde regelmäßig an die Theke, sie wollten alle die neue Bedienung kennenlernen. Sie tuschelten wie kleine Mädchen. Mit der Zeit lernten sich alle besser kennen, die Kellnerin war jetzt nicht mehr so neu, sondern ein Teil ihrer Clique geworden. Nach Feierabend trafen sie sich irgendwo im Dorf, feierten zusammen, tranken zusammen. Meistens im Vereinsheim des Fußballclubs. Zu erzählen gab es immer was: Neuigkeiten, Gerüchte, Lustiges, Trauriges. Sie kam gut mit ihren neuen Freunden zurecht. Nach und nach taute sogar ihr schwarzhaariger Freund auf, er redete mit ihr, fragte sie nach Freunden, Familie. Er suchte das Gespräch. Seine besten Freunde nahmen ihn wegen seiner Schüchternheit schon auf den Arm, lachten ihn aus. Er wollte nicht länger schüchtern sein. Er wollte mehr Zeit mit ihr verbringen, alles über sie wissen, Neues mit ihr erleben. Also kam er jetzt fast täglich zu ihr an den Tresen. Sie war so aufgeschlossen, fröhlich, hatte einen extrem trockenen Humor, lachte immer. Sie war halt ein Stadtkind, nur zufällig in dieses Dörfchen gestolpert. Er fand ihre Art und ihren Charakter einfach nur umwerfend. Wenn im Gastraum nicht viel los war, saß er bei ihr an der Theke, sie quatschten, wenn sie Freizeit hatten, verbrachten sie sie zusammen, entweder im Dorf oder in der Stadt. Es dauerte lange, bis der erste zarte Kuss kam, aber er kam. Zögerlich, fragend, schüchtern. Sie strahlte ihn an, nahm ihn in den Arm und küsste ihn jetzt voller Leidenschaft. Sie fasste sich ein Herz und nahm ihn mit auf ihr Zimmer in der Pension. Sie hatte schon lange keinen Sex mehr. Mit wem auch. Sie war schon längere Zeit Single, keine Lust auf eine Beziehung, viel Arbeit.

Jetzt war sie willig, gierig auf ihn, wollte ihn vernaschen. Was sollte schon schiefgehen? Er sah super aus, hatte Manieren. Sie richtete den Blick auf seine Hose, es sah so aus, als sei er gut ausgestattet. Sie griff ihm in den Schritt, er war sehr gut bestückt. Da auch er schon länger keine Beziehung mehr hatte, war er sehr aufgeregt. Es wunderte sie auch nicht wirklich, dass er Single war, er war etwas kauzig, obwohl er schon Mitte Zwanzig war, lebte er immer noch im Elternhaus, hatte nur seinen Job und die Kneipe im Kopf. Egal, ihre Hormone spielten langsam verrückt. Sie platzierte ihn auf das Bett, er atmete schnell. Langsam entkleidete sie sich vor ihm. Erst den Pulli, dann die Hose. Die Unterwäsche behielt sie noch an. Sie zwinkerte ihm zu und sagte ihm, dass sie zunächst duschen gehen würde. Wenn er wolle, könne er dazukommen. Sie verschwand im Bad und stellte die Brause an, von der sie sich berieseln ließ. Das warme Wasser entspannte ihre Muskeln, die durch die Kälte draußen enorm verspannt waren. Sie stand unter dem warmen Wasser und hing ihren Gedanken nach. Plötzlich spürte sie einen Windzug, sie fröstelte ein wenig, ihre Nippel wurden hart. Sie drehte sich um und sah ihn. Splitternackt stand er vor ihr. Sie musste ihren Kopf in den Nacken legen, um ihm in die Augen zu sehen. Er war mindestens einen Kopf größer als sie. Sie lächelte ihn verschmitzt an, zog ihn zu sich herunter und küsste ihn. Sie streichelte seine Brust, drückte ihren nackten Körper an seinen, ließ ihre Hände nach seinem Glied greifen. Jetzt hatte sie es endlich in der Hand, es war groß und lang. Sie spielte damit. Seine Finger suchten ihre Vagina, er kitzelte sie, er streichelte sie. Sie seiften sich gegenseitig ein, sie lachten, sie küssten sich, spülten sich ab. Im nächsten Moment hob er sie auf sich, drückte sie mit dem Rücken an die Wand und stieß seinen harten Penis in ihre heiße Vagina. Auf und ab. Sie stöhnten, sie kamen gleichzeitig zum Höhepunkt. Sie verließen das Badezimmer und verbrachten die Nacht gemeinsam. Am kommenden Tag musste sie erneut arbeiten, aber nicht so früh wie er. Er musste um fünf Uhr morgens das Zimmer verlassen, er hatte Frühdienst. Sie drehte sich noch mal um, schlief ein paar Stunden, sie hatte erst später Dienst. Nach der ersten gemeinsamen Nacht planten sie ihre Freizeit regelmäßig miteinander. Aber irgendwas fehlte ihr. Sie wollte mehr erleben, nicht ewig in diesem Dorf abhängen, seine Freunde treffen, sein Ding durchziehen. Er verbrachte jede freie Minute bei ihr, entweder in der Wirtschaft oder in ihrem Zimmer. Sie hatte gar keine Zeit mehr für sich. Entweder arbeitete sie, oder er hing ihr auf der Pelle. Er engte sie ein, er klammerte sich förmlich an sie. Langsam aber sicher war sie nur noch genervt. Seine Eltern waren manchmal Gäste im Lokal. Sie hatten von dem Techtelmechtel ihres Sohnes natürlich Wind bekommen. Wenn sie an der Theke saßen, ließen sie sie spüren, dass sie nicht standesgemäß für ihren Jungen war. Sie war schließlich nur eine Bedienung. Sie war unter ihrer Würde. Ihr Sohn hatte etwas Besseres verdient. Auch das ärgerte sie an ihm, er stand nicht zu ihr, er passte sich lieber der Meinung seiner Eltern an. Da sie viel zu selbstbewusst für ihn war, und keine Nerven mehr für Kinkerlitzchen hatte, beendete sie die kurze Beziehung. Lieber ein Ende mit Schrecken als ein Schrecken ohne Ende. Er war gekränkt, besuchte sie in nächster Zeit nicht mehr. Ihr war das sehr recht, sie konzentrierte sich auf sich und ihre Arbeit, genoss ihr Alleinsein und machte was sie wollte.

So langsam hielt der Frühling Einzug. Die Tage wurden länger und wärmer, die Nächte hingegen waren immer noch bitterkalt. Nach einem langen Samstagabend-Dienst wollte sie nur noch duschen und ins Bett gehen. Sie ging ins Badezimmer und drehte das Wasser auf. Es war nur lauwarm, schlimmer noch, es wurde immer kälter. Sie beeilte sich. Schon wieder war die Heizung ausgefallen. Durch das kalte Wasser waren ihre Lebensgeister neu erwacht. Sie fror, zog zwei Pullis über, zwei Paar Socken, eine dicke Hose. Einzig der Fön spendete ihr etwas Wärme. Sie stellte ein paar Kerzen auf, zündete sie an. Auch das gab etwas Wärme ab.

Eigentlich ein romantischer Augenblick. Sie überlegte, was sie jetzt tun sollte. Sie griff zum Telefon. Sie hatte einen guten Freund aus Schulzeiten, er kannte sich mit Heizungen aus. Sie hatte ihn schon längere Zeit nicht gesehen oder mit ihm gesprochen, wusste nicht, wie es ihm ging. Sie war gespannt auf seine Reaktion. Was würde er sagen nach der langen Zeit? Er meldete sich mit überraschter Stimme. Sie begrüßte ihn ebenfalls, hauchzart, und ließ ein Lächeln in ihrer Stimme mitklingen. Nach kurzem Geplänkel kam sie auf den Punkt. Sie fragte ihn, ob er zu ihr kommen könne, um ihre Heizung in Gang zu bringen. Er ließ sich nicht lange bitten. Er freute sich auf ein Wiedersehen, er ließ seine Gedanken schweifen, er hatte nur gute Erinnerungen an sie. Sie kannten sich ja schließlich schon etliche Jahre. Seine Wangen erröteten bei seinen Gedanken an sie, sein Puls ging schneller, ihm wurde plötzlich warm. Er machte sich auf den Weg zu ihr, es dauerte nur eine halbe Stunde. Als er angekommen war, rief er sie an, er wusste nicht, an welche Tür er kommen sollte. Sie begrüßte ihn am Hintereingang. Obwohl die Pension keine Übernachtungsgäste aufwies, wollte sie nicht am Haupteingang von irgendwelchen Dorfbewohnern gesehen werden. Sie nahmen sich herzlich in die Arme, drückten sich, freuten sich, sich über das Wiedersehen. Es war ja schon ewig her. Sie hatte eiskalte Hände, sie fror enorm. Trotz ihrer Freude, ihn zu sehen wurde es nicht wärmer. Sie brachte ihn in den Heizungskeller, er behob das Problem provisorisch, für vielleicht ein oder zwei Tage, beziehungsweise Nächte. Um alles andere musste sich ihr Chef kümmern, er war immerhin Eigentümer der Pension. Die Heizung begann zu laufen. Da ihr Zimmer klein und schnuckelig war, und die Kerzen bereits gute Arbeit geleistet hatten, wurde es schnell warm. Sie hatte noch eine Flasche Wein im Zimmer stehen. Sie öffnete sie und bot ihm ein Glas an. Er zögerte kurz, er musste ja wieder mit dem Auto nach Hause kommen. Aber ein Glas ging. Er nahm es dankbar entgegen. Er fröstelte, war aufgeregt, er wollte Wärme, auch von innen. Er trank das Glas in einem Zug leer. Der Alkohol ging schnell in sein Blut über, er trank fast nie Wein. Jetzt wurde ihm wärmer. Sie lachte. Sie lachte ihn aber nicht aus, sie lachte ihn an. Er wurde nervös. Was würde passieren? Einen ihrer zwei Pullis zog sie gleich aus, ihr wurde langsam heiß, die Wangen wurden rot. Der Heizkörper stand auf höchster Stufe. Das kleine Zimmer im obersten Geschoss, mit Holzdecken ausgestattet, erwärmte sich rasant. Sie stellte den Temperaturregler zurück, ihr war heiß genug. Seine Anwesenheit tat sein Übriges.

Er saß auf ihrer Bettkante, hatte noch immer das leere Weinglas in der Hand. Sie nahm es ihm ab und stellte es zur Seite. Sie setzte sich auf seinen Schoß. Er war überrascht, ließ es jedoch zu. Sie nahm sein Gesicht zwischen ihre Hände, sie schaute in seine eisblauen Augen, sie lächelte ihn liebevoll an. Sie öffnete ihre Lippen, um ihm zärtlich ihre Zunge in den Hals zu stecken. Er nahm ihre Zunge begierig entgegen. Er fasste sich ein Herz, er zog ihr den letzten Pulli über den Kopf. Sie saß nun barbusig auf ihm, damit hatte er nicht gerechnet. Er nahm ihre vollen Brüste in die Hand, er streichelte sie, kitzelte ihre Warzen mit seiner Zungenspitze. Jetzt blickte er sie an, zog sie ganz nah zu sich und küsste sie voller Verlangen. Das frühere Feuer war wiedererwacht. Seine Hände berührten und liebkosten ihren Nacken, ihren Rücken, ihr Kreuz. Er wollte jetzt mehr von ihr spüren. Er legte sie auf den Rücken. Ihre harten Nippel streckten sich ihm entgegen. Er sog daran. In ihm wurden Gefühle geweckt wie schon lange nicht mehr. Seine Hand glitt zwischen ihre Schenkel. Sie trug noch die Hose. Er befreite sie davon. Darunter trug sie einen schwarzen Spitzenstring. Seine Augen wurden immer größer, er konnte gar nicht glauben, wie schön sie war. Er bewunderte ihre schlanke Figur, ihre schmalen Schenkel, ihren flachen Bauch. Er kniete sich über sie, küsste ihren strammen Busen, ihre harten Nippel, ihren Bauchnabel. Er verliebte sich wieder in sie, wie vor vielen Jahren, als sie noch die Schule gemeinsam besuchten, im Sommer fast täglich im Freibad waren. Als der erste Kuss noch zurückhaltend war, als er sich nicht traute, ihr seine Liebe zu gestehen, und sie andere Dinge im Kopf hatte. Sie war damals immerhin noch jungfräulich gewesen, erst fünfzehn Jahre alt, er nur zwei Jahre älter. Jetzt lag sie splitternackt vor ihm, er hatte ihr den Slip bereits ausgezogen. Sie fragte sich, was ihm durch den Kopf ging. Sie blickte etwas tiefer und sah durch die Hose seine Erregung. Sie öffnete den Reißverschluss, unter seiner Hose trug er eine Boxer-Shorts, ihre Hände griffen hinein, sie spürte einen harten Schwanz zwischen ihren Fingern. Er begann zu stöhnen. Lange schon hatte er keine weibliche Hand an seinem Glied gespürt.

Er legte sich neben sie, war voller Neugier, fragte sie nach ihrer Familie, die er ja bereits kannte, fragte sie nach ihren Freunden, nach ihrem Ursprungsberuf, er wusste, dass sie in der Gastronomie keine Ausbildung absolviert hatte. Wollte wissen, was sie in den vergangenen Jahren alles gemacht hatte, wie es ihr ergangen war. Sie erzählte ihm, dass sie nur zufällig in der Gastro gelandet war, da sie in ihrem Ausbildungsberuf im Büro nicht übernommen werden konnte, und eigentlich nur hier arbeitete, um überhaupt Geld zu verdienen. Sie wollte auf eigenen Beinen stehen, unabhängig von der Welt und ihren Eltern. Sie war schließlich schon Anfang zwanzig. Er kuschelte sich ganz dicht an sie. Er fand ihre bisherige Lebensgeschichte sehr spannend, er hörte ihr gerne zu. Sie konnte früher schon tolle Geschichten erzählen, er konnte immer mit ihr über alles sprechen und lachen. Genug geredet, er kitzelte mit seiner Zunge ihren Hals, sein heißer Atem drang in ihr Ohr. Sie hatte jetzt am ganzen Körper Gänsehaut. Sie wurde feucht, sie wollte ihn mit Haut und Haaren. Sie küsste ihn. Ihre Hände glitten über seinen Oberkörper, streichelten seine Brust, seinen Bauch, zum Schluss sein hartes Glied. Sie nahm es in die Hand, massierte es genüsslich. Die Lust in seinen stahlblauen Augen ließ sich nicht mehr verleugnen, er atmete schwer. Er übernahm die Regie jetzt, drückte sie rücklings in die Matratze, legte seine riesigen Hände in ihre. Sie vertraute ihm blind. Er küsste erst ihren Mund, dann den Hals, ihren Busen, ihren Bauchnabel, ihre feuchte, heiße Vagina. Seine Hände lagen jetzt auf ihren harten Nippeln, er spielte damit, gleichzeitig spreizte sie ihre Schenkel. Sein Gesicht verschwand zwischen ihren Beinen, seine Zungenspitze in ihrer Vagina. Im nächsten Moment leckte er ihre Schamlippen und dann ihren Kitzler. Sie liebte es, mit der Zunge verwöhnt zu werden. Seine Zunge arbeitete immer schneller. Seine Finger fanden jetzt auch einen Weg in ihre Vagina hinein, mit zarten Stößen machte er sie noch wilder. Er beugte sich über ihr Gesicht, küsste ihre Lippen, legte sich auf sie und drang zärtlich in sie ein. Sie stöhnte laut. Sie schlang ihre Arme und Beine um seinen muskulösen Körper und bewegte sich rhythmisch mit ihm. Obwohl auch er viel größer war als sie,- sie fand große Männer supersexy –, drehte sie ihn jetzt auf den Rücken. Sie setzte sich auf ihn. Mit harten Stößen ritt sie ihn, eine Hand an der niedrigen Holzdecke, um sich abzustützen, die andere Hand an ihrer Vagina, um sich noch mehr Lust zu verschaffen. Sie bewegte sich auf und ab, vor und zurück, mal langsamer, zum Schluss immer schneller und härter und wilder. Sein großer, harter Schwanz füllte sie komplett aus. Sie kamen gleichzeitig zum Höhepunkt. Da die Flasche Wein mittlerweile geleert war, verbrachte er die Nacht bei ihr. Sie kuschelten, schmiegten ihre nackten Körper eng aneinander und schliefen zusammen ein. Am nächsten Morgen wurde sie von der Sonne geweckt. Es war Sonntag, es war elf Uhr morgens, endlich hatte sie einen freien Tag. Sie fragte sich, ob alles nur ein wunderbarer Traum gewesen war oder, ob sie noch immer träumte. Sie drehte sich um, sah in zwei himmelblaue Augen, die sie anstrahlten. Sie hatte nicht geträumt, sie knutschte ihn. Sie war glücklich, dass er neben ihr lag. Sie schlang die Arme um ihn, drückte ihren nackten Busen an seine Brust, hielt ihn ganz fest. Nach einem aufregenden Quickie erhoben sie sich und gingen zusammen duschen. Sie schlichen sich ungesehen aus dem Haus, fuhren in die Stadt, nahmen ein Frühstück zu sich, genossen den gemeinsamen Tag. Sie hatte morgen auch noch frei, montags war Ruhetag. Also verbrachten sie den kommenden Abend und die Nacht auch zusammen, allerdings bei ihm. Auch sie kannte seine Eltern und Geschwister noch von früher, sie freuten sich, sie zu sehen. Sie hatten zufällig alles für ein Barbecue hergerichtet, luden sie zum Essen ein, fragten sie neugierig über ihre Vergangenheit aus. Sie mochten sie früher schon sehr gerne. Sie quatschten und lachten, aßen und tranken, bis sich seine Eltern ins Bett verabschiedeten. Es war spät geworden. Er hatte eine eigene abgeschlossene Wohnung im Elternhaus, sie war zweckmäßig eingerichtet, kein Schnickschnack. Bett, Tisch, Couch, Fernseher. Alles, was ein Single halt so zum Leben brauchte, nicht mehr, nicht weniger. Es war ein anstrengender Tag gewesen, sie ließen sich im Bett nieder, liebten sich und schliefen dann ein.

Diese Liebelei hielt jetzt schon etliche Wochen an. Mittlerweile war es Sommer geworden, die Freibäder hatten geöffnet. Nach einem anstrengenden, heißen Arbeitstag trafen sie sich. Er kam fast immer zu ihr ins Dorf, in ihr gemütliches Zimmer, in dem sie ihre erste Mega-Nacht zusammen verbracht hatten. Er musste oft daran denken. Allein der Gedanke daran löste ein Kribbeln in ihm aus. Da es um Mitternacht immer noch ziemlich heiß war, es war Juli, hatte sie eine super Idee. Sie wollte schwimmen gehen. Das Dorfschwimmbad war nicht besonders abgesichert, einen Zaun konnten sie locker überwinden. Es war Vollmond, das perfekte Wetter zum Nacktbaden. Sie lachten, sie fühlten sich wie kleine Kinder, die einen Streich ausheckten. Sie liefen zum Becken, sie legten ihre Kleidung ab und gingen ins Wasser. Leise natürlich, damit die Nachbarn nicht aufwachten. Das herrlich kühle Nass entspannte sie. Sie liebte das Schwimmen sowieso. Als sie wieder an ihm vorbeischwamm, schnappte er sie an der Hüfte. Er lachte. Er drückte ihren Po an seinen steifen Penis. Sie fand es toll, beinahe schwerelos im Wasser zu schweben und einen Schwanz an sich zu fühlen. Sie drückte sich fester an ihn, den Rücken an seine Brust. Sie legte jetzt die Arme um seinen Hals, das Wasser trieb sie nach oben, ihre Nippel standen auf der Wasseroberfläche, beschienen vom Mond. Er flüsterte ihr schmutzige Wörter ins Ohr, sie stand drauf. Er streichelte ihre Brust, ihren Bauch, ihre Hüften über dem Wasser. Sie genoss jede einzelne seiner Zärtlichkeiten auf ihrer Haut, sie begann schneller zu atmen. Jetzt drehte er sie zu sich. Brust an Brust arbeiteten sie sich zum Beckenrand vor. Er hob sie aus dem Wasser, setzte sie auf den Rand. Sie spreizte die Beine, er liebkoste ihre Scham. Sie legte die Hände auf seinen Kopf, drückte ihn fester zwischen ihre Schenkel. Sie wollte mehr, mehr Zunge, mehr Finger in ihrem Schlitz. Schneller und härter. Er gab ihr mehr, er stieß seine Finger schneller und härter in sie, bis sie zum Orgasmus kam. Ihr Herz raste, sie brauchte einen Moment, um ihren Höhepunkt zu genießen. Gleich darauf glitt sie ins Wasser zurück. Sie schmiegte sich an ihn, küsste ihn gierig. Ihre Hände suchten seinen Penis. Da war er, groß, hart und voller Vorfreude. Sie spielte mit ihm. Er schob sie an die Poolwand und drang genussvoll in sie ein. Mit lautem Atmen kam auch er zum Ziel. Voller Glücksgefühle verließen sie das Bad. Die Turmuhr schlug schon zwei. Noch ein paar Stunden Schlaf, dann begann der neue Alltag.

Mittlerweile war es Herbst geworden. Der Monat Oktober stand schon auf dem Kalender. Wo war die Zeit geblieben? Sie hatte eine neue Stelle in der Stadt angenommen, noch einen Winter im Dorf wollte sie einfach nicht aushalten. Viel Arbeit, kaum Freizeit, kaputte Heizung. Sie hatte keine Lust mehr. Sie ließ das Dorf hinter sich. Der neue Job erfüllte sie, sie liebte ihn. Er war anders als im Dorf, viel besser. Keine Alkoholiker am Stammtisch, keine Grabscher oder Ähnliches. Essen, Trinken, Zahlen, Gehen. Der Zufall wollte, dass sie einen Gastronomen traf, den sie von früher kannte. Er hatte ein gut gehendes Restaurant im Ausland, er suchte Personal. Sie packte ihre Chance beim Schopf, sie wollte noch so viel mehr erleben. Ihr Freund und Liebhaber hatte seine Wurzeln in der Stadt, er wollte diese nicht verlassen, nichts aufgeben, nichts Neues ausprobieren. Sie hingegen nahm ihre Zukunft erneut in die Hand, verließ ihn und die Stadt. Aber in ihrem Herzen war er immer bei ihr.

Feuerwehr

Er hatte sein Ziel erreicht. Er war Feuerwehrmann, sein Beruf war seine Berufung. Endlich Berufsfeuerwehr. Sein Traum war in Erfüllung gegangen. Schon seit seiner Jugend hatte er davon geträumt, den Menschen zu helfen, er war bereits in der Jugendfeuerwehr und arbeitete sich bis zur Berufsfeuerwehr hoch. Heute begann sein Dienst wieder um sechs Uhr morgens, es machte ihm nichts aus, er kannte nur Schichtdienste. Es dauerte nicht lange, bis der erste Einsatz reinkam. Meldung: Unfall auf der Autobahn, mit Personenschaden. Seine Kollegen und er eilten zu den Einsatzfahrzeugen, Blaulicht und Sirene an, los ging es. Kurz nach der nächsten Autobahnauffahrt lag der Unfallort. Das verunglückte Fahrzeug hatte sich mehrmals überschlagen. Im Auto eine weibliche Person, eingeklemmt. Sie war ansprechbar. Finn kümmerte sich um sie, redete beruhigend auf sie ein, nahm ihre Hand. Sonja war Anfang dreißig, wollte von einer anstrengenden Nachtschicht nach Hause fahren. Jedoch schlief sie während der Fahrt ein, das Nächste, was sie erblickte, waren zwei wunderschöne, blaue Augen und eine extrem angenehme Stimme, die sie ansprach. Sie wusste gar nicht, was passiert war, sie musste erst mal realisiere, in welcher Situation sie sich befand. Finn erklärte ihr, dass sie im Fahrzeug eingeklemmt sei, jedoch keine Angst haben müsse. Seine Kollegen und er würden sie gleich befreien. Sie beruhigte sich etwas. Sowieso war sie von diesen himmelblauen Augen abgelenkt, von diesen schönen, geraden, weißen Zähnen und dem sonnengebräunten Gesicht, soweit sie dies erkennen konnte. Finns Kollegen begannen mit der Bergung, sie nutzten dazu eine hydraulische Rettungsschere. Das Krachen des Metalls ihres Autos ließ Sonja zusammenzucken, doch Finn hielt nach wie vor ihre Hand zur Beruhigung. Kurze Zeit später war alles überstanden, er konnte sie aus dem kaputten Wagen befreien. Sie kam in den Rettungswagen zur Erstuntersuchung. So wie es aussah, trug sie nur leichte Verletzungen davon, Hämatome und eventuell eine Hüftprellung. Das musste noch genauer in der Klinik untersucht werden. Finn verabschiedete sich von Sonja, wünschte ihr gute Besserung. Sie lachte ihn an und bedankte sich für ihre Rettung. Sie wurde abtransportiert.

Sonja ging Finn nicht mehr aus dem Kopf. Seine Gedanken kreisten nur um sie. Er fragte sich, wie es ihr ging. Auch ihm waren ihre schönen Augen aufgefallen, rehbraun, groß, lange, schwarze Wimpern. Da er vom Rettungsdienst wusste, in welche Klinik sie eingeliefert worden war, fasste er nach Dienstende den Entschluss, sie zu besuchen. Er zog sich um, kurze Hose, Shirt, Sneakers, es war ja schließlich Sommer. Er setzte sich in seinen Wagen und fuhr zum nächsten Blumenladen. Er konnte ja nicht ohne etwas auftauchen. Er betrat die Klinik, fragte nach ihrer Zimmernummer. Herzklopfen pur. Er klopfte an ihre Zimmertür und trat ein. Er war furchtbar aufgeregt, was sie wohl sagen würde. Aber es gab kein Zurück mehr. Sie schaute auf, sie hatte noch nicht mit Besuch gerechnet. Sie sah die schönsten blauen Augen, die sie je gesehen hatte, und fing an zu strahlen. Er überreichte ihr den großen Blumenstrauß und begrüßte sie. Er setzte sich neben ihr Bett, griff ihre Hand, und fragte sie nach ihrem Befinden. Sie war überrascht, ihn zu sehen, aber sie freute sich sehr über seinen Besuch. Sie konnte es gar nicht glauben, dass er sie besuchte. Sie fragte ihn ganz unverblümt, warum er das tat. Er wurde leicht verlegen und antwortete, dass sie ihm nicht mehr aus dem Kopf ging. Er musste sie einfach aufsuchen und sich nach ihrem Zustand erkundigen. Sie war gerührt. Sie strahlte ihn an, obwohl sie gerade echt scheußlich aussah. Sie hatte noch Schmerzen in der Hüfte, konnte noch nicht richtig laufen. Um sich hinzusetzen, musste sie Hilfe in Anspruch nehmen. Zur Toilette konnte sie nur in Begleitung einer Schwester gehen. Eigentlich hatte ihr der Unfall doch ganz schön zugesetzt. Sie fing an zu weinen, da sie erst jetzt bemerkte, in welch schrecklicher Situation sie sich befand, ungeduscht, ohne Makeup, die Haare nicht gerichtet und bewegungsunfähig. Und dann saß dieser tolle, umwerfende Mann vor ihr und sah sie mit großen, blauen Augen an. Sie schämte sich. Er merkte ihr ihr Unwohlsein an und fragte sie, ob er sie mal in die Arme nehmen dürfe. Sie nickte und schlang ihm die Arme um den Hals. Die Zeit verging wie im Flug, zwei Stunden waren schon vorbei. Er verabschiedete sich von Sonja mit einem Kuss auf die Wange und versprach, morgen wiederzukommen. Sie freute sich, vielleicht war ja morgen schon alles besser. Finn fuhr nach Hause, er wollte noch mal duschen, es war immer noch extrem heiß draußen. Er wohnte in einer kleinen Wohnung, zwei Zimmer, Balkon. Mehr brauchte er nicht, er war Single, hatte keine Verantwortung gegenüber anderen. Er stellte sich unter die Dusche, seine Gedanken wanderten zu Sonja. Er sah ihre braunen Augen vor sich, ihre blonden Haare, ihre vollen Lippen. Er stellte sich vor, wie sie nackt aussah. Er stellte sich vor, wie er mit ihr schlafen würde. Sein Glied wurde hart, er nahm es in die Hand und streichelte es. Er stellte sich vor, wie sie es in den Mund nahm und mit ihrer Zunge an seiner Spitze lutschte. Er atmete schneller und rubbelte seinen Freund, bis er abspritzte. Jetzt war er entspannt, er musste innerlich lachen, er hatte es sich schon lange nicht mehr selbst besorgt. Meistens war er zu müde von der Schicht. Jetzt merkte er, was ihm fehlte, eine Frau. Vor lauter Arbeit und Stress kam er nicht dazu, jemanden kennenzulernen. Der Tag heute war ein Glücksfall für ihn. Er stieg aus der Dusche, trocknete sich ab, aß eine Kleinigkeit und ging früh zu Bett. Er war geschafft. Am nächsten Morgen hatte er wieder sechs Uhr Dienst. Der nächste Tag brach heran, er ging zur Arbeit. Sonja wurde auch früh geweckt, die Schwester öffnete um sechs Uhr fünfzehn ihre Tür. Die Morgentoilette musste erledigt werden. Die Krankenschwester half ihr beim Aufstehen, das Laufen heute klappte schon wesentlich besser als gestern. Sie gingen ins Badezimmer, Sonja machte sich frisch. Sie hatte sich von ihrer Schwester frische Kleidung und Kosmetik bringen lassen. Sie hübschte sich auf, in der Hoffnung, dass Finn heute wieder zu Besuch kommen würde. Das Frühstück wurde serviert, es war sieben Uhr dreißig. Sie blickte ständig auf die Uhr, die Zeit verstrich einfach nicht. Neun Uhr, der Physiotherapeut stand in ihrem Zimmer, wollte sich ihre Hüfte ansehen. Sie sollte ein paar Schritte laufen. Es ging sehr langsam, aber es ging. Und am besten daran war, dass es ohne fremde Hilfe ging. Sie freute sich. Der Physiotherapeut war zufrieden, verabschiedete sich, verließ ihr Zimmer. Jetzt konnte sie sich wieder alleine bewegen. Sie ging zum Aufzug im Flur, lief in die Cafeteria. Ihre neue Freiheit gefiel ihr ausgesprochen gut, sie ging wieder auf ihr Zimmer. Dreizehn Uhr, Mittagessen. Sie brachte kaum etwas runter, es war einfach zu heiß. Außerdem wollte sie sich bewegen. Fünfzehn Uhr, es klopfte an der Tür. Sie saß auf dem Bett, wollte gerade ihre Schuhe anziehen. Finn trat ein, er sah sie an und fragte sie, was sie da machte. Er stürzte zu ihr, wollte sie festhalten. Sie erklärte ihm, dass sie wieder ohne Hilfe laufen konnte. Er war erleichtert, wollte es mit eigenen Augen sehen. Sie stand auf, war aber noch wackelig. Kurz bevor sie zu stürzen drohte, fing er sie mit seinen langen Armen auf. Ihr Kreislauf machte ihr jetzt einen Strich durch die Rechnung. Er legte sie sofort wieder aufs Bett. Die Anstrengung heute Morgen rächte sich jetzt. Er kümmerte sich fürsorglich um sie, sie redeten und lachten und lernten sich kennen. Sie konnte es gar nicht glauben, dass so ein toller Typ Interesse an ihr zeigte. Sie war begeistert. Sie zog ihn zu sich herunter, sah ihm tief in die Augen und küsste ihn. Ohne Vorwarnung. Er wusste nicht, wie ihm geschah, erwiderte jedoch gerne ihren Kuss. Er legte sich neben sie aufs Bett, sie streichelte seine Brust, küsste ihn immer wieder. Er bewegte seine Hand über ihren Busen, streichelte sie, spielte mit ihren Nippeln. Ließ seine Hand über ihren Bauch gleiten, bis in ihren String. Sie genoss es. Er steckte seine Finger in ihre Vagina und spielte solange mit ihr, bis sie zum Höhepunkt kam. So etwas Aufregendes hatte sie noch nie erlebt. Sie sah ihn an und lachte. Zum Glück kam kein Arzt oder keine Schwester herein. Sie war glücklich. Sie fühlte sich, als ob sie gerade etwas Verbotenes getan hätte. Wieder war der Nachmittag schnell vergangen, wieder verabschiedete er sich von ihr. Wieder versprach er, morgen wiederzukommen. Am nächsten Tag bekam sie nach einer ordentlichen Abschlussuntersuchung die Entlassungspapiere. Sie informierte Finn darüber, er wollte sie abholen. Er hatte heute frei. Kurz nach zwölf stand er bei ihr im Zimmer, drückte sie, küsste sie, nahm ihre Tasche und ihre Hand, und sie verließen die Klinik. Er fuhr sie jedoch nicht gleich nach Hause, sie machten einen Abstecher in die nächste Eisdiele. Er lud sie ein. Sie war immer noch geschafft, leicht blass um die Nase. Sie fragte Finn nach ihrem Auto, sie wusste ja nicht, was damit geschehen war. Er wusste aber, wohin es abgeschleppt worden war, er erzählte ihr, dass es auf einem Schrottplatz ganz in der Nähe stehen würde. Sie war ganz aufgeregt, sie wollte ihr Auto unbedingt noch einmal sehen und sich „verabschieden". Es hatte keinen großen finanziellen Wert, nur für sie war es ihre große Welt, ihre Freiheit, ihr zweites Zuhause. Finn versprach ihr, sie zum Schrottplatz zu begleiten. Gesagt, getan, sie aßen ihr Eis und fuhren anschließend zum Schrottplatz. Als sie ihren Wagen sah, total zerknautscht und aufgeschnitten, wurde sie noch blasser. Sie sah Finn fassungslos an und fragte ihn, wie sie das hatte überleben können. Der Schrottplatzbetreiber kam heran, begrüßte die zwei. Er fragte die beiden, ob sie wüssten, was es mit dem Wagen auf sich hätte, und ob jemand diesen schrecklichen Unfall überlebt hätte. Sonja musste trotz der Umstände grinsen und antwortete dem Platzwart, dass sie in diesem Auto gesessen hätte. Er starrte sie ungläubig an. Sie sagte ihm, dass sie gekommen war, um sich den Wagen anzusehen und vielleicht noch etwas zu finden, was sie vielleicht während des Aufpralls verloren hatte. Sie untersuchte das Wrack ganz genau, und tatsächlich fand sie noch ein paar persönliche Dinge im Fußraum, beziehungsweise was davon noch übrig war. Sie verabschiedeten sich voneinander und verließen das Gelände. Für Sonja war das Thema damit beendet. Sie brauchte jetzt ganz schnell ein neues Fortbewegungsmittel. Aber jetzt wollte sie erst mal nach Hause, duschen. Finn brachte sie zu ihrer Wohnung. Sie lebte in einem kleinen Dorf, relativ stadtnah. Eine schöne, ruhige Gegend und nicht weit von ihm entfernt. Sie brachten ihre Krankenhaustasche nach oben. Endlich wieder daheim. Sie freute sich. Sie wollte sich etwas ausruhen, bat Finn, erst mal nach Hause zu fahren. Sie lud ihn aber für heute Abend zum Essen zu sich ein. Sie wollte italienisch bestellen, sie war noch nicht in der Verfassung zu kochen. Er willigte ein, freute sich auf den Abend. Sie legte sich kurz auf ihre Couch, die Ruhe tat ihr gut. Sie schlief ein, träumte von dem Unfall, schreckte hoch. Oje, es war schon siebzehn Uhr, sie musste sich fertig machen, Finn wollte um neunzehn Uhr da sein. Sie begab sich ins Bad, entschied sich gegen eine Dusche, dafür ließ sie sich Wasser in die Wanne ein. Sie legte sich hinein und genoss das warme Nass. Sie rasierte sich von oben bis unten, trocknete sich ab, putzte die Zähne. Sie schmiss sich in die besten Schlabberklamotten, die sie fand und rief beim Italiener an. Da sie nicht wusste, was er gerne essen wollte, bestellte sie von allem etwas. Pizza, Pasta, Salat, Tiramisu und zwei Flaschen Wein. Erledigt, jetzt musste sie nur aufs Essen warten.

Neunzehn Uhr stand Finn auf der Matte. Sie bat ihn herein, zog ihn an sich, küsste ihn ganz ungeniert. Geile Begrüßung, das hatte er nicht erwartet. Sie sagte ihm, dass sie schon bestellt hatte, dass der Lieferdienst gleich da sein müsse. Den Tisch hatte sie schon gedeckt, schön mit Weingläsern, Tellern, Besteck.

Es klingelte, Essen war da. Sie zahlte alles, gab dem Boten noch ein ordentliches Trinkgeld. Sie aßen und tranken, quatschten über Gott und die Welt. Sie hatten das Gefühl, sich schon ewig zu kennen. Alles war so vertraut, dabei kannten sie sich gerade ein paar Tage. Sie blickten sich in die Augen und küssten sich. Sie räumten den Tisch ab, er setzte sie darauf und küsste ihren Hals. Sein Mund bewegte sich zu ihrem. Er steckte seine Zunge in ihre Mund. Seitdem er sie das erste Mal geküsst hatte, konnte er nicht genug davon bekommen. Er erforschte ihre Zunge mit seiner, zog ihr gleichzeitig das Shirt über die Arme. Jetzt saß sie barbusig vor ihm. Sie hatte so wunderschöne Brüste, er legte seine Hände auf sie, streichelte sie. Ihre Nippel wurden immer härter. Sie hingegen spielte an seiner Hose, auch darin wurde es härter und größer. Er trug eine kurze Shorts mit nichts drunter. Er mochte Freiheit für sein bestes Stück. Sie legte ihre rechte Hand auf seinen Prügel und massierte ihn. Er war lang, groß und hart. Die Vorfreude auf ihn war kaum auszuhalten. Er hob sie sanft von der Tischkante, stellte sie vor sich. Er streifte ihre Hose von den wohlgeformten Hüften. Sie trug einen roten String. Sie war wunderschön. Wieder ließ er seine Hände über ihren Bauch und in ihr Höschen gleiten. Seine Finger suchten ihren heißen, feuchten Schlitz. Sie begann, schneller zu atmen. Er ging in die Knie, öffnete ihre Schenkel etwas, zog den String mit einem Finger zur Seite und suchte mit seiner Zunge ihren Kitzler. Sie bebte. Er steckte seine Finger in ihren Schlitz, spielte in ihr, seine Zunge spielte noch immer mit ihrem Kitzler. Er erhob sich wieder, setzte sie auf den Tisch, spreizte ihre Beine und drang zärtlich in sie ein. Sie stöhnte, schlang ihre Beine fest um ihn, wollte ihn noch tiefer in sich spüren. Sie hatte schon lange keinen so aufregenden Sex mehr erlebt. Ihre Hüften bewegten sich schneller und schneller, er stieß sie immer fester. Sie kamen gemeinsam zum Höhepunkt. Nach dem Akt legten sie sich in ihr Bett und schliefen ein. Der nächste Tag stand bevor, es war schon fünf Uhr morgens, Finn musste gleich zur Arbeit. Er verabschiedete sich und verließ das Haus. Sie drehte sich noch mal um und schlief weiter. Als sie erwachte, war es schon elf Uhr. Sie beschloss, sich bei ihrem Chef zu melden, ihn auf den neuesten Stand zu bringen. Ihre Schwester hatte ihren Arbeitgeber bereits über den Unfall informiert, das war jedoch schon fünf Tage her. Sie hatte morgen einen Arzttermin, den sie noch abwarten musste. Dann würde sie sich wieder melden. Nach dem Telefonat schrieb sie Finn eine Nachricht, wenn er wolle, könne er nach der Arbeit noch einmal zu ihr kommen. Er meldete sich kurz darauf bei ihr, und sie verabredeten sich für den Nachmittag. Sie ging zum Briefkasten, Post von der Versicherung. Sie wurde darüber informiert, dass sie zweitausend Euro erstattet bekam. Das war der Restwert ihres Wagens. Das Geld konnte sie gut als Anzahlung für ein neues Gefährt verwenden. Kam wie gerufen. Sie schaltete ihren Laptop ein, recherchierte im Internet nach günstigen Gebrauchtwagen in ihrer Nähe. Treffer, sie fand einen Händler nicht weit von ihrer Wohnung, machte einen Termin für den Nachmittag aus, Probefahrt. Finn wollte gleich kommen, sie fragte ihn einfach, ob er sie begleiten wolle. Als es klingelte, eilte sie zur Tür. Sie erzählte ihm von ihrem Termin, fragte ihn, ob er sie fahren würde. Natürlich wollte er. Sie setzten sich in sein Auto und fuhren zum Autohändler. Der Termin war um sechzehn Uhr. Als sie beim Händler ankamen, stand ihr ausgesuchtes Modell schon zur Abfahrt bereit auf dem Hof. Sie klärten den Papierkram, der Händler machte sich eine Kopie ihres Führerscheins und drückte ihr den Autoschlüssel in die Hand. Jetzt hatten sie zwei Stunden Zeit, den Wagen zu testen. Finn fragte sie besorgt, ob sie wirklich fahren wolle. Sie schaute ihn fragend an. Er meinte nur, weil sie ja erst den Unfall hatte, ob sie sich jetzt schon trauen würde, Auto zu fahren. Natürlich traute sie sich, irgendwann müsse sie ja sowieso wieder fahren. Er konnte sie ja nicht bis in alle Ewigkeit chauffieren. Thema beendet.

Es ging los, sie verließen den Hof. Sie hatte sich für einen Twingo entschieden, klein, aber fein. Mehr brauchte sie nicht, es musste nur für Stadtfahrten reichen. Und für die kurze Wegstrecke zur Arbeit. Sie fuhren stadteinwärts, durch die Innenstadt, und lenkte den Wagen dann Richtung Landstraße. Sie wollte nicht weiter im Stadtgebiet herumirren. Sie steuerte ein Waldstück an. Genauer gesagt einen Wanderparkplatz, weit und breit war kein Mensch zu sehen. Sie stoppte den Wagen, machte die Zündung aus. Sie sah Finn an, lächelte ihn an, nahm seinen Kopf zwischen ihre Hände und steckte ihm die Zunge in den Hals. Jetzt ließ sie ihre Hand in seine Hose gleiten, massierte sein Glied. Er war überrascht, freudig überrascht. Er ließ es gerne mit sich geschehen. Jetzt ließ sie von seinem Mund ab und widmete sich seinem Schwanz. Sie nahm ihn in den Mund, ihre Zunge leckte seine Eichel, ihre Hand massierte zeitgleich seinen Penis. Sie nahm ihn zwischen ihre Lippen, lutschte und saugte daran, klopfte ihn sich an die Innenseiten ihrer Wangen. Er stöhnte. Jetzt drehte sie die Sitzlehne des Beifahrersitzes in eine bequemere Position, fast liegend, und setzte sich auf ihn. Sie wollte ihn reiten. Er hatte ihr gestern Abend so viel Vergnügen bereitet, das wollte sie ihm jetzt zurückgeben. Sie nahm seinen Schwanz und steckte ihn sich in die Vagina. Sie hatte nur ein kurzes Röckchen an und einen String drunter. Sie bewegte ihr Becken vor und zurück, genoss jede Bewegung. Er schob ihr Top nach oben und massierte ihren Busen. Sie öffnete die Autotür und bat ihn, mit ihr auszusteigen. Er sollte sie von hinten nehmen. Sie stellte sich vor die Motorhaube, er legte ihr rechtes Bein auf die Haube und schob ihr seine ganze Manneskraft von hinten in die Vagina. Sie schrien sich zum Orgasmus. Als er seine geballte Ladung Sperma in sie gespritzt hatte, zog er sein Glied aus ihr, drehte sie zu sich und küsste sie leidenschaftlich. Sie keuchten noch immer. Es war ein so schönes Erlebnis. Jetzt mussten sie aber den Wagen zurück zum Händler bringen, es war schon spät. Sie hatte vor, das Auto zu kaufen, eingeweiht war es ja jetzt schon. Es hatte ihr gute Dienste erwiesen.

Gartenparty

Es war Samstag, ein herrlicher Sommertag. Paul und Sabrina, -„Bine"- wohnten am Stadtrand in einem Einfamilienhaus. Sie hatten einen großen Garten, schöne Gartenmöbel, eine Hollywoodschaukel und, eine Hängematte zwischen zwei großen Eichen, in der es sich im Sommer prima aushalten ließ, wenn die Sonne durch die dicken Blätter zwinkerte. Sie waren glücklich verheiratet, fünf Jahre schon. Beide Mitte dreißig, kinderlos. Das Haus hatte Bine vor wenigen Jahren von ihrer verstorbenen Großmutter geerbt, sie war ja auch das einzige Enkelkind. Nachdem sie und Paul geheiratet hatten, krempelten sie das Haus komplett um, sanierten und renovierten, bauten eine Terrasse und einen Wintergarten an. Sie machten es zu ihrem Zuhause, zu ihrem Lebensmittelpunkt. Paul und Bine hatten heute zu einer Gartenparty geladen. Aber nicht irgendeine Gartenparty, es war ein kleines, aber feines Kostümfest. Nur ausgewählte Gäste. Ihre Partys waren legendär. Im vergangenen Jahr war es eine vorgezogene Halloweenparty, das Jahr davor war das Motto „Glitzer und Glamour". Sie ließen sich jedes Jahr etwas Neues einfallen, um ihre Gäste zu überraschen. Aktuell hieß das Motto „Rokoko". Bine legte sich ordentlich ins Zeug, um den Garten herzurichten. Lichterketten, überall kleine Windlichter mit passenden Kerzen, kleine, runde Tische mit je zwei Stühlen zum gemütlichen Plausch. Gemütlichkeit pur. Am Rande des Gartens stand ein Pool, sie und Paul nutzten ihn im Sommer fast täglich. Sie konnten sich diesen Luxus locker leisten, sie hatten beide hochdotierte Jobs. Der Caterer traf ein. Sie ließen sich die Speisen liefern, Bine wollte sich nicht auch noch ums Essen kümmern. Sie waren schließlich zehn Personen. Diesmal gab es italienische Küche. Die Vorspeisen bestanden aus Tomaten und Mozzarella-Käse, Parmaschinken, gebratenem Gemüse, Oliven und gefüllten Paprika, die Hauptgänge hauptsächlich aus Pasta:, Tagliatelle al Salmone, Tagliatelle mit

Steinpilzen, Rigatoni Quatro Formaggi, dazu ein paar Tinten-fischringe, und verschiedene Salate. Als Dessert gab es Erdbeer-Tiramisu. Für alle war etwas dabei, und die Kost war nicht all-zu schwer. Sie hatte sich richtig Gedanken gemacht, es sollte nicht immer nur Würstchen und Kartoffelsalat geben. Die Wei-ne zu den Speisen hatte sie selbst gekauft, italienische natür-lich, ebenfalls italienischen Prosecco als Aperitif. Es wurde Zeit sich herzurichten, die Gäste waren für neunzehn Uhr geladen. Sie ging ins Badezimmer, duschte, schminkte sich, steckte sich die Haare im klassischen Stil des siebzehnten Jahrhunderts hoch und ließ sich beim Ankleiden von ihrem Mann helfen. Sie hatte ihr Kostüm im Verleih geholt. Natürlich hatte sie sich vor-her über den Stil informiert, welches Kleid, welche Schuhe, wel-che Frisur. Sie wollte auf ihrer eigenen Party ja nicht dumm da-stehen. Als sie sich vor Monaten schon Gedanken über ihre Sommerparty gemacht hatte, fiel ihr das Zeitalter des „Roko-ko" ein. Sie informierte sich darüber und konnte feststellen, dass diese Epoche für „Extravaganz und Sittenlosigkeit" stand. Es passte zu ihrem Vorhaben, sie grinste innerlich und malte sich gedanklich schon tolle Geschichten aus. Das Kleid bestand aus einem weiten Rock, einem geschnürten Bustier, und einem schleierartigen Umhang. Es war ja kein Originalkleid, eben ein Kostüm. Sie war zufrieden mit ihrem Aussehen. Unter dem Rock trug sie weiße Spitzenstrapse und Schuhe mit hohen Absätzen und schmalen Spitzen. Passend zur damaligen Zeit. Ihr Mann kleidete sich natürlich auch standesgemäß, einen vorne geknöpf-ten, etwa knielangen Mantelrock mit Umlegekragen und Spit-zenjabot, weißes Hemd, dazu enge Kniehosen, helle Strümpfe und Schnallenschuhe. Auf die Perücke verzichtete er des heißen Wetters wegen. Er trug seine Haare sowieso täglich zum Zopf gebunden, er hatte langes, braunes Haar. Er zierte seinen Zopf mit einem schwarzen Seidenband und setzte sich einen Drei-spitz auf. Um dem Tüpfelchen das „I" zu verpassen, setzten sie Augenmasken auf. Sie trug eine schwarze Spitzenmaske, er eine schwarze venezianische Masquerade Maske. Auch ihre Gäste hatten sie gebeten, nicht auf Masken zu verzichten. Perfekt fürs

Fest, es konnte losgehen. Es klingelte, das erste von vier Pärchen traf ein. Nach und nach kamen auch die anderen hinzu. Paul und Bine begrüßten ihre Gäste, schenkten Prosecco aus, bewunderten das Outfit ihrer Freunde. Alle hatten sich an das Motto der Party gehalten, alle trugen Kostüme und Masken. Nachdem sich alle vorgestellt hatten, die Pärchen untereinander kannten sich nicht, gingen sie zum Buffet. Sie aßen und tranken, lachten, unterhielten sich. Erschienen waren Alex und Johanna, Robbie und Natascha, Thomas und Simone sowie Sebastian und Carina. Ihre Gäste wussten, was nach dem Essen auf sie zukommen sollte, wenn sie es denn wollten und mitmachen würden. Aber deswegen waren ja alle der Einladung gefolgt. Nach dem Essen mischten sich die Pärchen rasch, jeder sprach mit jedem. Es war eben wie jedes Jahr keine langweilige Grillparty, sondern eine der besonderen Art. Durch die Masken fühlten sie sich geschützt, sie kannten sich ja nicht, und ihre Gesichter waren nicht zu erkennen. Langsam dämmerte es, Bine zündete die Kerzen im Garten an, schaltete die Lichterkette ein. Sie animierte ihre Gäste zum Spaßhaben. Das ließen sie sich nicht nochmals sagen. Natascha, die sich schon die ganze Zeit mit Sebastian unterhalten hatte, blieb bei ihm, nahm ihn an der Hand und führte ihn in den Garten zur Hollywoodschaukel. Sie bewunderte seine Größe, seine weißen Zähne, seine großen Hände und seine muskulösen Beine. Er bewunderte ihren prallen Busen, ihre schmale Taille und ihr wunderschönes, schwarzes Haar. Sie ließen sich auf der Schaukel nieder, sie küsste ihn ungeniert und stürmisch. Ihre Hand glitt in seine Hose. Es regte sich etwas. Er war aufgeregt, vom ersten Moment an, als er sie gesehen hatte, begehrte er sie. Er atmete schwer. Sie sah ihn an. Sie schob ihre Zunge in seinen Mund, erforschte ihn neugierig. Ihre Hand spürte mittlerweile einen vollen, harten Schwanz. Sie massierte ihn zärtlich. Er nestelte jetzt an der Schnürung ihres Korsetts, legte ihren vollen Busen frei. Er nahm ihre Titten zwischen seine großen Hände, leckte ihre harten Nippel. Sie stöhnte leise. Er streifte ihr das Oberteil über die Arme ab. Sie hatte einen wunderschönen Oberkörper, schmal und schlank.

Sie entfernte seine Weste und sein Hemd, er war muskulös und durchtrainiert. Sie glitt von der Schaukel und kniete sich vor ihn. Sie nahm seinen Zauberstab in ihren Mund, kitzelte seine Eichel mit der Zungenspitze, lutschte und saugte daran, schob ihn sich ganz langsam und tief in den Hals. Er konnte sich kaum noch beherrschen. Er stellte sie vor sich, streifte ihren Rock nach oben und legte sein Gesicht zwischen ihre Schenkel. Er leckte sie, bis sie kurz vor dem Höhepunkt war. Ein Knacken in der Dunkelheit ließ sie kurz aufhorchen. Es war Thomas. Er hatte ihnen schon eine ganze Zeit lang zugeschaut. Jetzt fragte er sie, ob er mitmachen dürfe. Natürlich durfte er. Natascha legte sich jetzt mit dem Rücken auf die Liegefläche der Hollywoodschaukel. Sebastian kniete sich vor sie und drang langsam in sie ein. Er stieß sie zärtlich. Thomas stellte sich vor ihr Gesicht und steckte sein hartes Glied in ihren Hals. Je härter Sebastian sie fickte, desto härter bearbeitete sie Thomas Latte. Sie stöhnten und keuchten alle drei. Jetzt tauschten die Männer, Natascha ging auf die Knie in den Vierfüßlerstand, Thomas stieß sie von hinten, Sebastians Gemächt hatte sie in Mund und Hand. Sie schrie ihren Orgasmus heraus. Die Männer spritzten zeitgleich auf ihren Po. Sie waren fertig, es hatte riesigen Spaß gemacht. So etwas Aufregendes hatten sie noch nicht erlebt. Sie liefen zum Pool, sie wollten sich abkühlen. Darin befanden sich jedoch schon Simone, Carina und Robbie. Auch die drei hatten sich bereits vergnügt. Der Pool war voll. Sie tauschten alle die Partner, und eine neue Runde der Wollust begann. Paul und Bine sowie Alex und Johanna hatten es sich im Wintergarten auf der Lounge gemütlich gemacht. Bine und Johanna knieten voreinander, küssten sich. Alex hatte seine Finger in Bines feuchter Muschi stecken, kitzelte sie. Paul stieß Johanna von hinten. Jetzt kniete sich Alex hinter Bine und ließ zu seinen Fingern auch seine Zunge in ihrem Fötzchen verschwinden. Er suchte ihren Kitzler, leckte ihn, stieß zeitgleich langsam seine Finger in sie, machte sie wahnsinnig. Bine konnte kaum noch atmen, sie ließ von Johanna ab und, legte sich auf den Rücken. Sie wollte gefickt werden. Alex ließ sich nicht lange bitten, legte ihre Beine um seinen Hals und stieß sie schnell und hart. Sie stöhnte laut. Plötzlich hatte sie wieder Johannas Zunge im Hals, und Johanna Pauls Prügel in sich. Sie kamen alle zeitgleich zum Orgasmus. Sie keuchten und schwitzten und stöhnten. Nachdem sie wieder zu Atem gekommen waren, begaben sie sich ebenfalls in den Pool. Bine genoss das kühle Nass, sie schloss kurz die Augen und ließ die letzten Momente durch ihren Kopf gehen. Sie grinste. Schon wieder spürte sie ein leichtes Ziehen in ihrem Unterleib. Sie wollte noch mal. Sie öffnete die Augen und begab sich zu Sebastian. Sie nahm ihn an die Hand, und sie verließen den Pool. Sie führte ihn zu einer der großen Eichen. Sie drehte sich zu ihm, zog ihn zu sich herunter und küsste ihn. Er fragte sich, ob er ihr noch standhalten konnte, sie war schließlich Frau Nummer drei, die er heute Abend begatten sollte. Im Pool hatte er sich schon mit Simone vergnügt. Aber auf ein Neues. Sie lehnte sich rücklings an die Eiche, zog ihn zu sich, küsste seinen Oberkörper, seine schöne Brust, seinen Bauchnabel bis hin zu seinem Knüppel. Er hatte diesen Ausdruck redlich verdient. Er war so lang und dick, sie bekam ihn kaum in den Hals. Dennoch tat sie ihr Bestes, leckte und küsste ihn, nahm ihn zwischen ihre Finger, drückte ihn, massierte ihn. Er war unglaublich groß und hart. Sie kam nach oben, um ihm in die Augen zu sehen. Er hatte wunderschöne blaue Augen und blonde Haare. Ein Prachtkerl. Sie lächelte ihn an. Sie stellte sich bäuchlings an den Baum, spreizte die Schenkel, streckte ihren schönen, runden, wohlgeformten Po in seine Richtung. Er nahm ihn in seine Hände, streichelte ihn sanft. Auch sie war sehr gutaussehend, lange, schlanke Beine, flacher Bauch, großer Busen, blonde Locken. Er kniete sich hinter sie, leckte ihren Anus und ließ seine Finger in ihre heiße, nasse Lustgrotte wandern. Er kam wieder nach oben, stellte sich mit dem Bauch an ihren Rücken, legte einen Arm um sie, der mit ihren Möpsen spielte, die andere Hand fand erneut ihre Scham. Er machte sie verrückt. Sein Prügel hing an ihrem Arsch, er ließ ihn zwischen ihren Pobacken auf- und abgleiten. Sie stöhnte. Jetzt nahm er ihr rechtes Bein nach oben und drang in sie ein. Sie schrie auf vor Erregung. Sie wusste kaum, wie ihr geschah. Sein Schwanz war riesig, mit solch einer Größe hatte sie es noch nie zu tun. Sie genoss es. Er war sehr zärtlich, als er in sie eindrang, da er um seine Größe wusste. Nach wenigen Momenten ließ sie ihn aus sich raus gleiten, sie drehte sich um und bat ihn, sich auf den Rücken zu legen. Sie nahm seinen Schwanz in ihre Hand und führte ihn sich langsam ein. Sie saß auf ihm, bewegte ihr Becken vor und zurück. Er packte sie bei den Hüften und bestimmte das Tempo. Sie stützte sich jetzt mit den Händen auf seinen Oberschenkeln ab und ritt ihn. Er war kurz vor dem Höhepunkt. Jetzt nahm sie ihre rechte Hand, streichelte ihren Kitzler, während sie ihn ritt. Sie stöhnten, sie merkte, wie sein Schwanz pulsierte, gleich würde er sein ganzes Sperma in sie spritzen. Es war so weit, er ergoss sich in sie, sie schrie ihre Lust heraus. Sie waren zusammen zum Höhepunkt gekommen. Es war ein gelungener Abend – Rudelbumsen mal anders. Bine freute sich schon aufs nächste Jahr!

Geburtstag

Es war ein heißer Tag im August, es war Sommer. Sie hatte bald Geburtstag, auch noch einen runden. Die Vorfreude ließ zu wünschen übrig, eigentlich wollte sie nicht feiern, aber auf der anderen Seite schon. Sie war unentschlossen. Denn zufällig fiel ihr Ehrentag auf ein Wochenende. Aber wo feiern? Und mit wem? Sie wohnte mit ihrem Mann in einer Mietwohnung. Also doch Biergarten? Restaurant? Sie hatte keine Ahnung. Ganz schön frustrierend, die ganze Situation. Von ihrer Familie wollte sie keinen einladen, da war Stress an der Tagesordnung, von seiner Familie auch nicht, noch mehr Stress. Lieber irgendwo allein, mit schönem Essen den Tag ausklingen lassen. Aber ihre Freunde? Sie wusste nicht, was sie machen sollte. Auch ihr Mann wirkte ahnungslos, wusste nicht mal, was er ihr schenken sollte. Er fragte sie regelmäßig, doch sie hatte keine besonderen Wünsche. Außer einen. Was soll man auch einer Vierzigjährigen schenken? Hausrat, Schmuck? War ja schon alles da. Da war aber seit Monaten dieser eine Gedanke in ihrem Kopf, der ließ sie nicht mehr los. Sie hatte schon mit ihrem Mann darüber gesprochen, er fand die Idee gut. Aber wie umsetzten? Er war anfangs etwas verunsichert, freundete sich aber nach und nach mit dem Gedanken an. Das, was ihr keine Ruhe ließ, war aufregend erotisch, spannend, abenteuerlich, heiß, sexy. Manchmal träumte sie davon, es war aber leider immer nur ein schöner Traum, der sie schwitzend und mit Herzklopfen erwachen ließ. Es war so weit, ihr Geburtstag war da. Er klopfte an die Tür und rief ihr laut und deutlich zu, dass sie jetzt wieder ein Jahr älter geworden war. Und das sollte sie auch noch feiern? Sie lag noch im Bett und machte sich ihre Gedanken. Was würde heute noch alles passieren? Jetzt musste sie sich erst mal für die Arbeit fertig machen, ihre Kollegen wussten ja auch Bescheid, sie würden ihr bestimmt gratulieren und sich mit ihr freuen. Ihr Mann gratulierte natürlich als erster, aber auch er musste schon zur Arbeit.

Dafür hatte er am Abend noch eine Überraschung parat, sagte er zumindest. Sie war gespannt. Sie ging zur Arbeit und verbrachte ein paar Stunden in ihrem Teilzeitjob. Ihre Kollegen hatten Kaffee und Kuchen organisiert, Blumen natürlich, und ein paar kleine Geschenke, um sie zu ehren. Gutscheine und diverse kleine, lustige Gags. Sie freute sich darüber, aber die Worte ihres Mannes mit der Überraschung gingen ihr nicht aus dem Kopf. Hoffentlich nicht noch mehr Blumen, sie hatte ja nicht mal eine Vase, um sie hineinzustellen. Aber eigentlich kannte sie ja ihren Mann, er würde nie auf die Idee kommen, ihr solch unnützes Zeug zu schenken. Als sie zu Hause angekommen war, wurde sie bereits von ihrem Gatten erwartet. Er bat sie, schnell duschen zu gehen, sie hätten noch was vor. Sie war schon ganz aufgeregt. Sie ging unter die Dusche, rasierte sich und zog sich anschließend sexy Wäsche an, frisierte sich, schminkte sich und suchte ein passendes Abendoutfit aus. Als sie aus dem Bad kam, konnte ihr Mann kaum noch die Hände und die Augen von ihr lassen, so heiß sah sie aus. Er küsste sie ausgiebig und streichelte ihre Schenkel und ihren Intimbereich ganz zärtlich. Er konnte sich kaum zurückhalten, er hatte schon ein hartes Glied, doch musste er aufhören, denn sie hatten ja noch was vor sich. Sie war schon extrem gierig nach seinen Küssen und Berührungen, aber es half nichts, sie mussten das Haus verlassen. Er hatte einen Tisch in einem teuren Restaurant bestellt. Sie gingen erstmal essen. Es war wunderschön, romantisches Ambiente, Kerzenschein, Rosenblüten auf dem Tisch und eine kleine Schmuckschatulle mit bezaubernden Ohrringen darin. Sie freute sich auf den bevorstehenden Abend. Das Essen war herrlich, Salat, Garnelen, Baguette, dazu ein leichter Weißwein. Zum Dessert eine Joghurtmousse. Als das Abendessen beendet war, verließen sie das Restaurant. Sie gingen zum Auto. Sie dachte, der Abend wäre jetzt beendet, es war ja auch ein langer anstrengender Tag. Sie ging davon aus, dass das Essen die Überraschung für sie war. Doch ihr Mann fuhr nicht nach Hause, sondern in die entgegengesetzte Richtung. Sie fragte ihn, wo er hinfahren wolle, doch er grinste nur und blieb ihr eine Antwort schuldig. Alsbald stoppte er den Wagen. Sie standen auf einem Parkplatz, mitten im Nirgendwo. Sie wunderte sich schon etwas. Ihr Mann holte ein Seidentuch aus seiner Tasche und bat sie, sich die Augen verbinden zu lassen. Natürlich ließ sie es zu. Ihr Herz fing an zu klopfen. Er nahm sie an die Hand und führte sie vom Auto weg. Ganz langsam, damit sie nicht stolperte. Sie roch Wald, sie roch frische Luft, sie hörte die Vögel zwitschern, sie hörte leises Wellenrauschen. Wo führte er sie hin? Plötzlich stoppten sie, sie waren am Ziel angelangt. Er platzierte sie sanft auf eine Decke. Waren sie an einem See? Oder an einem Flussufer? Irgendwo in der Natur. Sie hörte die Grillen zirpen. Sie fand das alles sehr aufregend. Ihr Mann legte sie auf den Rücken. Sie war bereit, sie ließ jetzt alles mit sich machen. Er beugte sich über sie und küsste sie zärtlich auf den Mund. Er flüsterte ihr ins Ohr, dass ihre Überraschung gleich beginnen würde. Er bat sie, die Augen noch geschlossen zu halten. Wieder küsste er sie, ihren Mund, ihren Hals, ihren wunderschönen Busen. Er zog ihr das Kleid über den schlanken Körper. Sie trug sexy Spitzenunterwäsche. Er legte sie wieder auf den Rücken. Er beugte sich über sie, um ihre festen Brüste in die Hand zu nehmen und zu massieren. Sie stöhnte leise. Er ließ seine Zunge an ihren harten Nippeln spielen. Er küsste ihren Bauchnabel und ließ seine Hände zwischen ihren Schenkeln auf- und abgleiten. Sie spürte seine Erektion. Seine Beule in seiner Hose hing direkt über ihrem Gesicht. Sie bat ihn, seine Hose auszuziehen. Sie wollte ein wenig mit seinem Glied spielen. Ihre Zunge an seinem Schwanz hoch und runter gleiten lassen, es sanft zwischen ihre Zähne nehmen, zärtlich reinbeißen und es liebkosen. Er ließ sich nicht lange bitten. Sie drehte sich auf den Bauch, er setzte sich neben sie und begann mit einer Ölmassage. Er begann mit den Händen, über ihre Arme, ihren Nacken und den Rücken. Jetzt kam er zum Po. Er streichelte und massierte liebevoll ihren Hintern, ließ seine Finger zwischen ihre Schenkel gleiten, bevor er sie in ihre feuchte, warme Vagina steckte, um ihr noch mehr Lust zu verschaffen. Sie keuchte vor Erregung. Sie ging auf die Knie, streckte ihm ihren

Po entgegen. Jetzt legte er voller Leidenschaft seine Zunge an ihre Schamlippen und leckte sie ausgiebig. Sie atmete tief und schwer. Jetzt kniete er sich vor sie, seine Hände lagen auf ihren Schultern, sein Glied lag in ihrem Mund. Sie lutschte daran wie an einem Stieleis. Er genoss es ausgiebig. Plötzlich spürte sie ein weiteres Paar Hände auf ihrem Rücken. Diese Hände streichelten sie genauso zärtlich wie die ihres Mannes. Sie fand es sehr angenehm. Sie war überrascht. Aber sie ließ es zu. Die Hände glitten über ihren Rücken zu ihrem straffen Po. Sie hatte immer noch den geilen, harten Schwanz ihres Mannes im Mund, jetzt spürte sie einen weiteren harten Schwanz an ihrem Po. Ihre Gefühle machten sie fast verrückt.

Der Mitspieler legte sein Gesicht zwischen ihre leicht gespreizten Schenkel und leckte ihre Vagina, bis sie fast zum Höhepunkt kam. Ihr Mann stöhnte voller Erregung und ließ sich schön blasen. Jetzt drang der andere, Fremde, tief in sie ein. Wer war es? Sie kannte diesen vertrauten Geruch. Aber ihre derzeitige Gefühlslage ließ sie nicht weiter darüber nachdenken. Er stieß sie tief und hart. Ihre Körper bewegten sich rhythmisch. Sie stöhnte so laut, wie sie noch nie gestöhnt hatte. Solche Gefühle hatte sie noch nie erlebt. Jetzt legte sie sich erneut auf den Rücken, die Männer wechselten die Positionen. Ihr Mann spreizte ihre Schenkel, um mit seinen Fingern an ihrem Kitzler zu spielen. Der andere Mann kniete sich vor sie, damit sie sein Glied mit ihren Händen bearbeiten konnte. Sie nahm es zwischen ihre Finger und massierte es ausgiebig. Sie hob den Kopf, um es in ihren Mund zu nehmen und mit der Zunge zu liebkosen. Jetzt drang ihr Mann tief in sie ein, er legte ihre langen Beine um seinen Hals und stieß sie fester und fester. Sie keuchte und stöhnte, konnte kaum noch atmen. Das Glied des anderen hatte sie ebenfalls noch in der Hand, um ihm Lust zu verschaffen. Sie rieb und leckte und küsste es, und nahm es zwischen die Lippen. Alle drei stöhnten laut und hatten wunderbare Gefühle. Jetzt legte sich der Fremde auf den Rücken, und sie setzte sich langsam auf ihn. Sie ritt ihn ausgiebig, währenddessen er seine Finger an ihren Kitzler legte, um sie langsam zum Orgasmus kommen zu lassen. Ihr Mann kniete neben den beiden und rieb seinen Schwanz. Er stand kurz vor der Explosion. Er fand es schön, den beiden beim Ficken zuzugucken. Seine Frau aus einer anderen Perspektive zu sehen. Jetzt war es soweit, sie schrie ihren Orgasmus heraus, ihre ganzen Gefühle. Sie stöhnte und schrie und atmete tief. Sie war fertig, einen solchen Höhepunkt hatte sie noch nie erlebt. Sie legte sich wieder auf den Rücken, ließ sich von den Männern streicheln. Die zwei wollten jetzt auch zum Orgasmus kommen. Sie knieten sich beide neben sie, einer rechts, einer links, sie ließen sich ihre Schwänze von ihr kneten und massieren, um beide auf ihren Busen zu spritzten. Voller Erschöpfung ließen sich die Männer neben ihr nieder. Jetzt legte sie die Augenbinde ab. Sie war erfreut, ihren Mitspieler zu sehen, sie kannte ihn – natürlich!

Klassentreffen

Es war Samstag, Julia hatte seit Langem mal wieder ein freies Wochenende. Sie arbeitete in der Hotellerie, sie liebte diesen Job. Wegen ihres Berufes war sie auch wieder Single, ihre ehemaligen Partner hatten kein Verständnis für ihren Traumjob. Sie wollten jedes Wochenende ausgehen, Spaß haben, saufen. Das konnte sie sich aber nicht erlauben, da sie im Normalfall dem Frühdienst ab sechs Uhr morgens nachging. Außerdem hatte sie das freie Wochenende nur bekommen, weil sie heute Abend Klassentreffen hatte. Sie freute sich mega darauf. Nach zwanzig Jahren endlich mal wieder alle sehen. Alle? Jedenfalls die, die da waren. Mit vielen aus ihrer ehemaligen Klasse stand sie sowieso noch in Kontakt, mit anderen eben nicht. Sie war neugierig. Was hatten ihre Mitschüler alles erlebt? Welche Berufe hatten sie gelernt? Wer hatte studiert? Sie ließ ihre Gedanken schweifen. Plötzlich kam ihr ihre Jugendliebe, Sebastian, wieder in den Sinn. Was war wohl aus ihm geworden? Zu Schulzeiten verbrachten sie fast täglich ihre Freizeit zusammen, sie gingen ins Kino und knutschten, sie gingen zusammen ins Spaß-Bad und irgendwas machten sie immer zusammen. Sie lehnte sich zurück und schloss die Augen. Gedanklich war sie bei ihrem letzten Zusammentreffen. Sie wurde feucht. Sie stellte sich vor, wie er heute aussehen würde. Groß, volles blondes Haar, muskulös, blauäugig, so wie früher halt, nur zwanzig Jahre älter. Sie erinnerte sich an seine großen, schönen Hände, seine langen, muskulösen Beine, seinen Waschbrettbauch. Sie hoffte, er würde heute noch genauso gut aussehen. Fassbierbauch und Halbglatze konnte sie sich bei ihm auch nicht vorstellen. Sie wurde geil, nur bei dem Gedanken an ihn. Sie war schon ein paar Wochen ungebumst und allein ins Bett gegangen. Ihre Finger suchten ihren heißen Schlitz. Sie streichelte sich, steckte ihren Zeigefinger in ihre Vagina, stieß sich zärtlich. Sie ließ Zeige- und Mittelfinger über ihren Kitzler wandern, mal schneller, mal langsamer. Sie war so erregt, dass der Höhepunkt nach wenigen Minuten erreicht war. Sie atmete schnell und genoss ihren Orgasmus. Vielleicht ergab sich ja heute Abend etwas Richtiges. Abwarten. Das Treffen war für neunzehn Uhr angesetzt, Biergarten, gemütliches Beisammensein.

Es war schon sechzehn Uhr, sie hatte den halben Tag vertrödelt, bis elf Uhr ausgeschlafen, danach ein kleines Frühstück, Kaffee, Kaffee und noch mehr Kaffee, ein Telefonat mit ihrer Freundin, die ebenfalls in ihrer Klasse war und wegen Krankheit absagen musste. So schnell verging die Zeit. Jetzt musste sie aber ins Badezimmer, sie brauchte mindestens zwei Stunden, bis sie sich hergerichtet hatte und zufrieden mit ihrem Aussehen war. Sie ließ sich ein Bad ein, dafür brauchte sie allein schon eine Stunde, obwohl Sommer war, genoss sie das warme Wasser um sich herum. Danach die Frage nach der Unterwäsche. Sexy? Schlicht? Irgendwas dazwischen? Heute Abend? Super sexy!!! Sie war ja auch nicht von schlechten Eltern: nicht ganz so groß, schlank, lange, blonde Haare, braune Augen, lange Wimpern, voller Busen, flacher Bauch. Das war nicht immer so. In ihrer Jugend war sie eher füllig, eigentlich fast fett. Es gab Mädchen an ihrer Schule, die sie gehänselt und ausgelacht hatten. Da sie aber schon früh einen sehr ausgeprägten Charakter und ein tolles Selbstbewusstsein hatte, war ihr in den meisten Fällen egal, was andere über sie dachten. Sie wusste früher schon, wer sie war und was sie konnte. Außerdem hatte sie tolle Freunde, die immer zu ihr hielten. Heute war sie schlank und sexy. Die Männer drehten sich nach ihr um, wenn sie durch die Straßen lief. Sie entschied sich für schwarze Spitzenunterwäsche, Klassiker. Damit konnte sie im Falle eines Falles nichts falsch machen. Darüber das kurze Schwarze. Klassiker. Verrucht geschminkte Augen, rote Lippen, rote Nägel, schwarze Pumps. Dezenter Schmuck. Sie sah einfach super aus. Sie hatte sich für achtzehn Uhr dreißig ein Taxi nach Hause bestellt, sie wollte nicht selbst fahren. Das ein oder andere Gläschen Wein wollte sie schon trinken. Den heutigen Abend ausgiebig feiern und genießen. Neunzehn Uhr, Ankunft im Biergarten. Sie trat ein –, manche ihrer Schulfreunde waren schon da. Sie begrüßten sich herzlich, nahmen sich alle in die Arme, drückten sich. Nach und nach trudelten immer mehr Ehemalige ein. Alle waren neugierig zu erfahren, was die anderen so gemacht hatten in den vergangenen Jahren. Zahlreiche Berufsgruppen waren vertreten: Koch, Dachdecker, Installateur, Grafikdesigner, Hausfrau, Friseurin. Fast alle hatten mittlerweile Kinder, sogar die, die nie welche haben wollten. Und die eine, die sich immer Kinder gewünscht hatte, konnte keine bekommen. Trauriges Schicksal. Aber heute waren alle zum Feiern gekommen. Sie waren schließlich aus ganz Deutschland angereist, Hamburg, Berlin, München. Manche sogar aus dem Ausland. Nur um ihrer aller Ehrentag zu feiern. Zwanzig Jahre Schulabschluss. Aber einer fehlte noch. Sie wusste auch nicht, ob er kommen würde, sie hatten sich ja nach der Schule aus den Augen verloren. Sie fragte in die Runde, ob jemand etwas über ihn gehört hätte, aber keiner wusste etwas von ihm. Es war schon eine Stunde vergangen, sie hatten alle etwas zu essen bestellt. Sie orderte zusätzlich ein Glas trockenen Rosewein und eine große Flasche Mineralwasser. Es war zwanzig Uhr und immer noch circa dreißig Grad warm. Gerade als ihr Essen an den Tisch gebracht wurde, legte ihr jemand von hinten die Hände auf die Schultern. Sie drehte sich um und schaute in die schönsten blauen Augen der Welt. Sie erhob sich vom Tisch und fiel ihrer Jugendliebe Sebastian, „Basti" genannt, um den Hals. Sie freute sich so sehr, dass er gekommen war. Er nahm neben ihr Platz. In der Hoffnung, dass er kommen würde, hatte sie ihm einen Stuhl freigehalten. Er saß zu ihrer Rechten. Auch er begrüßte seine ehemaligen Schulkameraden herzlich, entschuldigte sich für seine Verspätung, er hatte im Stau gestanden, er war im Außendienst tätig. Jetzt widmete er sich ganz ihr, so wie früher. Sie aßen gemeinsam, tranken gemeinsam. Redeten über alte Zeiten. Sie himmelte ihn an, bestaunte seinen schönen, vollen Mund, seine weißen Zähne, sein markantes Gesicht. Ihre Hände berührten seine muskulösen Beine. Es knisterte enorm zwischen ihnen. Als sie von ihrem linken Tischnachbarn angesprochen wurde, wandte sie sich ihm zu. Sie war ja nicht unhöflich. Ihre rechte Hand jedoch strich heimlich und ungesehen über die Beine ihres Schwarms, wanderte weiter nach oben, bis sie an einer voll ausgeprägten Beule hängen blieb. Er war erregt, quasi verrückt nach ihr, wollte sie küssen, ausziehen, auf den Tisch legen und bumsen. Er konnte seine Gedanken schon gar nicht mehr ordnen. Er wurde rot im Gesicht vor Hitze und der wundervollen Gefühle. Als die Kellnerin wieder an den Tisch kam und ihn fragte, ob er noch etwas zu trinken bestellen wolle, konnte er nur sehr kurzatmig antworten. Julia hörte es und musste unweigerlich grinsen, während sie einerseits ihrem anderen Tischnachbarn zuhörte und andererseits ihre Hand seinen Schwanz über der Hose bearbeitete. Mittlerweile ging es auf Mitternacht zu. Die ersten hatten sich schon wieder verabschiedet. Sie redete wieder mit ihrem Schwarm, fragte ihn, ob sie sich nicht auch verabschieden wollten. Natürlich wollten sie! Er konnte es kaum erwarten, zu gehen. Gesagt, getan. Sie liefen zusammen zu seinem Auto. Auf dem Parkplatz zog er sie stürmisch an sich und küsste sie. Sie standen an einer Sandsteinmauer. So lange hatte er darauf gewartet. Er begrapschte ihren vollen Busen, steckte ihr die Zunge in den Hals. Sie nestelte an seiner Hose. Der Reißverschluss war geöffnet, endlich. Er trug keine Shorts drunter. Sie holte einen großen, harten Schwanz raus. Sie nahm ihn in die Hand und massierte ihn, er stöhnte. Sie griff ihm an die Eier, massierte den Schwanz, mal zärtlich, mal wild. Er lehnte an der Mauer, jetzt ging sie in die Knie, nahm sein Zepter in den Mund, und saugte dran. Sie nahm die Spitze zwischen ihre Lippen und kitzelte sie, zog seinen Schwanz ganz tief in ihren Hals und lutschte daran. Immer abwechselnd. Er konnte nicht mehr, er stöhnte immer lauter, atmete schneller, jetzt zog er seinen Schwanz aus ihrem Hals und spritzte eine volle Ladung Sperma auf sie. Er genoss sein Kommen noch kurz, zog sie wieder an seine Brust und küsste sie jetzt leidenschaftlich, zärtlich, liebevoll. Da er nicht mehr in seiner Heimatstadt wohnte, hatte er sich ein Zimmer in einer Pension gemietet. Er fragte sie, ob sie ihn dorthin begleiten wolle, er hätte ja schließlich noch etwas gut zu machen. Natürlich stimmte sie zu. Sie fuhren in eine kleine Pension außerhalb der Stadt, fünfzehn

Minuten Fahrt. Im Zimmer angekommen, riss er ihr das Kleid vom Leib, schob sie Richtung Bett, legte sich neben sie, küsste sie. Seine Hände glitten über ihre samtweiche Haut, ihren Busen, ihren Bauch, hin zu ihrem nassen Schlitz. Seine Finger verschwanden in ihm und spielten darin. Sie keuchte und atmete schwer. Er legte seine Zunge an ihren Hals, glitt damit über ihr Schlüsselbein, zwischen ihre Brüste, zu ihren steifen Nippeln, zu ihrem Bauchnabel und hinunter zwischen ihre Schenkel. Er leckte ihre Schamlippen, steckte seine lange Zunge in ihre heiße Vulva. Sie lachte, es kitzelte so herrlich, sie stöhnte, es war so geil. Er war so geil. Er bat sie, auf Hände und Knie zu gehen, er wollte ihren schönen Hintern sehen. Sie tat es. Er betrachtete sie von hinten, ihm gefiel, was er sah. Erneut steckte er zwei seiner Finger in ihre Muschi, stieß sie leicht damit. Seine Zunge kitzelte ihren Venushügel, sie konnte ihren Orgasmus kaum noch zurückhalten, schrie ihn an, er solle sie endlich ficken. Das ließ er sich nicht zweimal sagen, er steckte seinen harten Prügel in sie, ganz langsam, zog ihn wieder raus, ganz langsam. Sie wurde fast verrückt vor Lust. Sie war so schön eng, er genoss es, sie zu verwöhnen und auch ein bisschen zu ärgern. Jetzt aber packte er sie an den schmalen Hüften und stieß sie hart und kräftig. Sie stöhnten gemeinsam lange und laut. Sie bat ihn, sich auf den Rücken zu legen, sie wollte ihn reiten. Sie setzte sich auf ihn und ließ ihr Becken arbeiten. Hoch, runter, vor und zurück. Sie ritt ihn wie beim Rodeo. Mit heftigen Schreien ließen beide ihren Gefühlen freien Lauf und kamen zum besten Orgasmus, den sie je erlebt hatten. Noch immer keuchend legten sie sich nebeneinander, redeten über früher, fragten sich, warum aus ihnen nie etwas Festes geworden war, bis sie schließlich einschliefen. Die aufgehende Morgensonne weckte sie. Sie waren glücklich, sahen sich an, lachten sich an, küssten sich, streichelten sich wieder. Sie gingen zusammen duschen und fickten wieder. Er besorgte es ihr diesmal im Stehen. So eine sensationelle Nacht hatte sie noch nie erlebt. Sie verabschiedeten sich und versprachen sich, dass ihr nächstes Wiedersehen keine zwanzig Jahre dauern sollte.

Krank

Sie waren glücklich verheiratet, erst ein paar Jahre. Sie hatten gute Jobs, regelmäßigen Sex. Ab und zu schlich sich der Alltag ein, sie hatte ihre Tage, oder er war mal krank. Alles ganz normal eben. Eine neue Woche hatte begonnen, sie war erregt, freute sich auf ihren Mann. Sie wollte Sex, richtig guten, keinen Blümchensex, den man aus alten Filmen kennt. Also ging sie schon mal duschen, rasierte ihren Intimbereich, die Achseln, die Beine. Sie träumte schon von seiner Zunge in ihrer Vagina. Ihr wurde heiß, aber sie musste sich noch etwas gedulden. Als er nach Hause kam, sah sie es ihm schon an, er kränkelte. Er sagte, er fühle sich nicht wohl, wolle duschen und gleich ins Bett gehen. Sie konnte es ihm nicht übelnehmen. Trotzdem war sie traurig, letzte Woche hatte sie ihre Periode, davor die Woche war er abends zu müde, um noch etwas zustande zu bringen. Diese Woche krank.

Sie wollte nicht schon wieder unbefriedigt ins Bett gehen. Als er aus dem Bad kam, setzte er sich zu ihr auf die Couch. Es ging ihm etwas besser durch die ausgiebige Dusche. Sie schaute ihn lüstern an, er hatte aber nicht wirklich Lust. Da sie eine sehr selbstbewusste Frau war, nahm sie ihr Glück, besser gesagt ihre Befriedigung selbst in die Hand. Sie holte ihren Lieblingsvibrator. Natürlich hatte sie mehr als einen, sie wollte ja Abwechslung im Bett, sowohl mit ihrem Mann als auch mit ihrem Vibrator. Sie legte sich wieder auf die Couch, ließ ihren delfinförmigen Freund zwischen ihren Schenkeln hin und her gleiten. An ihren Schamlippen entlang, über ihren Kitzler, mal ganz langsam, dann wieder etwas schneller. Der Vibrator hatte ja schließlich mehrere Geschwindigkeitsstufen. Sie atmete schneller, sah ihren Mann dabei ganz genau an. Sie wusste, er liebte es, wenn sie es sich selbst machte. Er schaute ihr gerne dabei zu, wie sie sich streichelte, wie sie ihren Delfin als Liebestoy einsetzte. Zwischendurch hielt sie ihm das vibrierende Gerät zwischen die Beine, da sie wusste, dass auch ihm die Vibration gefiel und ihm Lust verschaffte. Er war zwar zu erschöpft und angeschlagen, um es ihr richtig zu besorgen, er ließ es sich aber nicht nehmen, sie bei ihrer Selbstbefriedigung zu unterstützen. Er streichelte ihre Schamlippen, steckte zwei seiner Finger in sie, machte leichte Stoßbewegungen. Sie stöhnte, sie liebte es, wenn er sie fingerte. Dann nahm er ihr den Delfin aus der Hand, kniete sich vor sie und begann, sie mit leichter Vibration zu kitzeln. Sie war kurz vor dem Höhepunkt. Jetzt steckte er ihr ihren Gummifreund ganz sanft in ihre Vagina, er stellte die Vibration stärker und besorgte es ihr wie mit einem echten Penis, rein, raus, mal langsam, mal schneller und härter. Sie atmete tief und schrie ihren Orgasmus heraus. Sie war glücklich. Es war zwar kein richtiger Sex, aber immerhin mal wieder ein richtig geiler Orgasmus. Sie küsste ihn auf die Stirn und bedankte sich für diesen zauberhaften Moment. Da sie nach ihrer Periode immer extreme Lust hatte und am liebsten jeden Tag Sex gehabt hätte, war sie schon wieder geil. Der Abend der Selbstbefriedigung war schon ein paar Tage her, seitdem war auch nichts mehr gelaufen. Ihr Mann brütete etwas aus, es ging ihm jedenfalls nicht besser. Sie hatte täglich schlechtere Laune, das war bei ihr immer so, wenn sie unbefriedigt schlafen gehen musste, und immer nur Selbstbefriedigung war auf Dauer auch nichts. Manchmal machte sie es sich sogar selbst in der Dusche, mit dem Massagestrahl. Das war auch ein sehr angenehmes Gefühl. Ihre Freundin sagte ihr ab und an, sie solle sich endlich mal wieder bumsen lassen, man würde es ihr am Gesichtsausdruck gleich ansehen, was los wäre. Sie musste dann immer lachen, es sah so aus, als wäre sie sexsüchtig. Ein neuer Tag begann, sie erledigte ihre Arbeit. Der Abend nahte, aber sie wusste, dass eh nichts laufen würde. Ihr Mann sah ihr ihren Unmut schon an, sie hatte schlechte Laune.

Da auch er seine Gattin genau kannte, machte er ihr einen Vorschlag. Er sagte ihr, sie solle ihren guten Freund von früher anrufen, der könne sie ja wieder mal bumsen. Sie fand das gar keine schlechte Idee. Sie nahm ihr Telefon in die Hand und wählte die Nummer des Freundes, den sie noch aus Schulzeiten kannte. Sie hatten schon früher immer mal zusammen Spaß gehabt, als sie noch Singles waren, und an Familie noch gar nicht zu denken war. Da ihr Mann sehr offen mit dem Thema Sexualität umging, hatte er nichts gegen ein bisschen Abwechslung, er wollte nur gerne zusehen. Außerdem hatten sie schon mehrmals über Sex zu dritt gesprochen, oder einen Besuch im Pärchen-Club. Beide wollten etwas Neues erleben, waren sehr neugierig. Deswegen machte auch ihr Ehemann den Vorschlag, den Bekannten zu kontaktieren. Sie freute sich über so viel Vertrauen seitens ihres Mannes. Gesagt, getan. Ihr früherer Schulfreund und auch immer noch heutiger guter Freund war vor Jahren schon nicht abgeneigt ihr gegenüber. Er sagte nie Nein zu einem privaten Treffen. Als er den Hörer abnahm, klopfte ihr Herz. Sie war aufgeregt, wie als Kind, wenn der Weihnachtsmann im Wohnzimmer stand. Dennoch dachte sie an ihr Vergnügen und fragte ihn wie aus der Pistole geschossen, ob er nicht Lust auf ein Abenteuer mit ihr hätte. Sie erklärte ihm die Situation mit ihrem Mann, und dass er zusehen wollte, wie er es ihr richtig besorgte. Das wäre die einzige Voraussetzung. Am anderen Ende der Leitung holte ihr Freund tief Luft, er wusste zunächst gar nicht, was er sagen sollte. Er fühlte sich etwas überrumpelt, fand die Idee erst gar nicht so prickelnd. Andererseits fand er den Gedanken, sich beim Sex zuschauen zu lassen, ganz schön aufregend. Er stimmte zu. Sie verabredeten sich für zwanzig Uhr. Sie freute sich, war aufgeregt, hatte Herzklopfen. Ihr letztes Sex-Date war schon ein paar Jahre her. Sie ging ins Bad, um sich herzurichten. Was sollte sie anziehen? Damals trug sie eine weiße Tunika und einen String, sonst nichts. Ein paar Wochen zuvor war sie mit ihrem Ehemann sexy Unterwäsche kaufen, in einem Dessous-Geschäft. Darunter Strings, Spitzenbodys, Bustiers. Sie entschied sich dafür, am heutigen Abend einen roten Spitzenbody zu tragen. Ihre Nippel waren durch die Spitze schön zu sehen, sie hatte sowieso einen prallen, wohlgeformten Busen. Über den Body zog sie einen seidenen Kimono, der ihr bis zum Po reichte. Sie sah sehr gut aus, ihr Mann hatte schon ein Funkeln in den Augen. Am liebsten hätte er sie jetzt begattet. Aber er zog sich ins Schlafzimmer zurück und wartete darauf, das losging. Es klingelte. Sie öffnete die Tür. Er sah sie an. Sie sah ihn an. Er konnte kaum fassen, welche Pracht da vor ihm stand. Es verschlug ihm fast den Atem. Sie hatte noch kein Wort gesagt, noch keinen Finger gerührt, doch nur vom Hinsehen hatte er eine riesige Beule in der Hose. Noch in der Tür küssten sie sich. Sie zog ihn zu sich herein, schloss die Tür. Sie streichelte über seinen Oberkörper, entledigte ihn seines T-Shirts. Er strich ihr den Kimono vom Körper. Sie küssten sich sehr ausgiebig, als sie Richtung Schlafzimmer gingen. Ihr Gatte saß schon im Zimmer und erwartete einen aufregenden, besonderen, sexuellen Moment. Sie legte ihren Freund aufs Bett, setzte sich auf ihn. Sein Herz raste. Sie legte ihre Hände auf seine großen Hände, sie küsste zärtlich seinen Hals, seine Brust. Sie leckte seine Brustwarzen und biss sanft hinein. Er stöhnte schon leicht. Sie kniete sich neben ihn, eine ihrer Hände glitt in seine Hose, sie massierte sein hartes Glied, während sie ihre Zunge von seiner Brust zu seinem Bauchnabel gleiten ließ. Jetzt befreite sie ihn von seiner Hose, er trug natürlich nichts drunter. Sie kniete sich vor ihn und nahm seinen harten Schwanz zwischen ihre Lippen. Sie spielte mit ihrer Zunge an seiner Spitze. Er atmete schwer. Sie nahm sein riesiges, bestes Stück jetzt ganz in den Mund und steckte es sich in den Hals. Stück für Stück, immer tiefer. Im nächsten Moment nahm sie die Hände dazu, sie lutschte und küsste und massierte seinen Schwanz, bis er fast abspritzte. Aber er war Manns genug, um sich zurückzuhalten, schließlich wollte er es ihr noch ordentlich besorgen, sie zur Ekstase bringen. Er bat sie, sich hinzuknien, auf Händen und Knien abzustützen.

Sie erblickte ihren Mann, sie warf ihm lüsterne Blicke zu. Gleichzeitig genoss sie die Berührungen ihres Mitspielers. Ihr Mann atmete ebenfalls schon schwer, er genoss das Schauspiel. Ihr Freund streichelte ihr unterdessen den Rücken, er kam bei ihrem Po an. Er zog mit einem Finger den noch vorhandenen Stoff, der ihre Vagina verdeckte, zur Seite. Sie hatte eine sehr schöne Vagina, er steckte seine Zunge in die heiße Grotte, er leckte ihr die Schamlippen, spielte mit ihrem Kitzler. Er steckte seine Finger in sie und besorgte es ihr mit leichten Stößen. Sie zitterte vor Erregung, sie stöhnte vor Lust. Jetzt drückte er sein Glied an ihre nasse Vagina, er zog es hoch und runter, sie wurde fast wahnsinnig. Er steckte es ganz leicht rein, zog es wieder raus. Er spielte mit ihr. Er kitzelte ihre Schamlippen mit seiner Schwanzspitze. Erst ganz langsam, dann etwas schneller und mit mehr Druck. Jetzt legte sie sich mit dem Busen auf die Matratze und streckte ihren Po in die Höhe. Es war soweit, endlich drang er in Gänze in sie ein. Er stieß sie erst ganz zärtlich, dann etwas härter. Sie glühte innerlich, sie schwitze, sie stöhnte. Ihre Körper waren eins, bewegten sich im Takt. Sie fragte ihn, ob er sich gerne mal reiten lassen wolle. Natürlich wollte er. Er legte sich auf den Rücken, sie setzte sich auf ihn und führte seinen geilen Schwanz in sich ein. Sie bewegte sich auf und ab. Er legte seine Hand an ihren Kitzler, sie ritt ihn schneller und schneller, seine Finger an ihr und sein Schwanz in ihr – ihr Orgasmus ließ sich nicht mehr aufhalten. Sie schrie alles heraus. Zeitgleich spritzte auch er ab. Seinen ganzen Druck, den er in den letzten Wochen aufgebaut hatte. Voller Erschöpfung glitt sie von ihm runter, sie legten sich nebeneinander, sie küssten sich erneut, sie lachten sich an, sie umarmten sich. Ihr Mann hatte alles beobachtet, er war von dieser Szene so erregt, dass auch er abspritzte. Nur vom Zugucken. Aber er gönnte dieses Vergnügen seiner Frau. Sie strahlte über ihr neues, sexuelles Abenteuer. Sie war ihrem Mann sehr dankbar. Sie verabschiedeten sich kurze Zeit später und freuten sich auf das nächste Mal, hoffentlich bald. Aber ohne Zuschauer.

Picknick

Es war ein herrlicher Sommertag, viel zu heiß für alles. Das Thermometer zeigte fünfunddreißig Grad im Schatten. Endlich Urlaub! Aber Ausland? Nein, sie wollte ihr eigenes Land erkunden. Sie überlegte, was sie heute in der Hitze unternehmen konnte. Sie war wieder Single, die Scheidung schon ein Jahr her. Sie war sexuell nicht ausgelastet, viel Arbeit, wenig Zeit. Seit der Scheidung hängte sie sich in ihren Job, wollte auf andere Gedanken kommen. Ihr Ex-Mann hatte sie sehr verletzt, mit einer zehn Jahre Jüngeren betrogen. Es ging sowieso immer nur um seine Belange, er machte, was er wollte und wann er es wollte, ohne Rücksicht auf sie zu nehmen. Sie war froh, als sie endlich die Trennung vollzogen hatten und die Scheidung durch war. Deswegen hatte sie eine Zeit lang keine Lust auf Liebe, Sex oder Zärtlichkeiten. Sie genoss ihre neu gewonnene Freiheit. Sie traf sich ab und zu wieder mit Freunden, Bekannten, Nachbarn. Jetzt wollte sie wieder etwas erleben, sie war bereit für etwas Neues, Aufregendes, vielleicht sogar für ein sexuelles Abenteuer.

Es war schon Mittag, und sie wusste immer noch nichts mit sich anzufangen, ihr erster Urlaubstag und dann allein daheim, das wollte sie nicht. Sie griff zum Telefon und rief einen guten Freund an. Sie hatten sich schon länger nicht gesehen oder gesprochen, sie hatte in letzter Zeit so viel mit der Arbeit zu tun. Sie versuchte einfach ihr Glück, und tatsächlich nahm er den Hörer ab. Sie begrüßte ihn mit hauchzarter Stimme. Auch er hatte keine Partnerin, was sie sehr schade fand, da er wirklich gut aussah. Mitte vierzig, groß, blond, super gebaut. Sie wunderte sich jedes Mal, dass so ein Adonis keine Frau an seiner Seite hatte. Entweder hatte er immer mal wieder eine Affäre, oder irgendwas trieb ihn um, von dem sie nichts wusste. Da sie schon etliche Jahre gut befreundet waren, wusste sie auch, dass er gerne Sex hatte, sie redeten über alles, vor allem über Sex. Er freute sich über ihren Anruf, er hatte nicht damit gerechnet. Er hatte so eine wohlklingende, tiefe, männliche Stimme. An seiner Stimmlage konnte sie genau erkennen, was in ihm vorging, jetzt hörte sie pure Freude. Sie kam zum Punkt und schlug ihm vor, etwas mit ihr zu unternehmen. Er hatte noch bis vierzehn Uhr zu tun, danach aber hatte er Zeit für sie. Sie schlug ihm vor, ein Picknick zu veranstalten, irgendwo im Wald auf einer Lichtung, sie würde alles vorbereiten und zusammenpacken. Er stimmte ihr zu, und sie verabredeten sich um vierzehn Uhr dreißig bei ihr zu Hause. Er wollte sie abholen. Sie hatte den Picknickkorb gepackt, Geschirr, Saft, Wasser, Sekt, kleine Snacks, eine Picknickdecke, eine dünne Schnur und ihren Vibrator. Jedes Mal, wenn sie an ihn dachte, hatte sie Hitzewallungen, sie fand ihn früher schon toll, sie hatten auch schon mehrmals miteinander geschlafen, natürlich vor ihrer Hochzeit. Vielleicht würde es ja heute wieder klappen? Zur Sicherheit konnte etwas Sexspielzeug ja nicht schaden. Da es so heiß war, trug sie nur einen Bikini, ein dünnes, kurzes, Sommerkleidchen und Flip-Flops, einen weißen Sommerhut und eine Sonnenbrille. Das reichte. Sie sah für Anfang vierzig sehr gut aus, lange, schlanke Beine, ebenfalls blond, stattlicher Busen, praller Po. Halb drei, es klingelte, er war da. Pünktlich. Sie schnappte ihren Korb und ging in den Treppenflur Richtung Haustür. Sie wohnte im zweiten Stock eines Mehrfamilienhauses in einer Zweizimmerwohnung. Für sie vollkommen ausreichend. Sie trat vor die Eingangstür, stellte ihren Korb ab und fiel ihm in die Arme. Sie begrüßte ihn herzlich und ausgiebig. Er erwiderte ihre Begrüßung stürmisch, nahm sie in seine starken Arme und drehte sie einmal im Kreis. Seine Augen funkelten. Er sah gut aus, weißes, kurzes Leinenhemd, kurze Khaki-Hose, Sneakers.

Er war braun gebrannt, das weiße Hemd auf seiner sonnenverwöhnten Haut sah umwerfend aus. Seine blauen Augen strahlten mit der Sonne um die Wette. Sie gingen zum Auto, verstauten den Picknickkorb und kehrten der Stadt den Rücken. Sie fuhren Richtung Berge, sie hatten ein kleines Naherholungsgebiet quasi vor der Haustür, dreißig Minuten Fahrt, Zack Erholung. Auf einem Wanderparkplatz stoppten sie, stellten den Wagen ab und sahen sich tief in die Augen. Das Knistern war kaum zu leugnen. Er beugte sich zu ihr rüber, küsste sie stürmisch. Sie hatte es sich so gewünscht, wieder begehrt zu werden, geküsst zu werden, gefickt zu werden. Sie konnten die Hände nicht voneinander lassen, streichelten sich, küssten sich, neckten sich, lachten. Nach der ersten Kuss-Attacke stiegen sie aus dem Wagen. Er kam zu ihr rüber, drückte sie an die Tür des Autos, küsste sie leidenschaftlich und ließ seine Hände zwischen ihre Schenkel gleiten. Sie begann, schneller zu atmen. Auch sie war nicht untätig mit ihren Händen und massierte seinen Zauberstab durch die geschlossene Hose. Da sie in der prallen Sonne standen, wurde es ihnen zu heiß, sie verließen den Parkplatz und verschwanden im Wald. Sie schlenderten einen Waldweg entlang auf der Suche nach einem passenden Plätzchen für ihr Vorhaben. Nach geraumer Zeit tat sich eine Lichtung vor ihnen auf, der perfekte Platz für ein Picknick. Sie breiteten ihre Decke im Schatten aus und nahmen Platz. Kaum hatten sie sich niedergelassen, stürzte er sich auf sie, er küsste ihren Hals, ihre Augen, ihren Mund, seine Hände glitten unter ihr Kleid zu ihrem Busen, zu ihrem Bauchnabel, zu ihrem magischen Dreieck. Sie stöhnte leise. Zärtlich stieß sie ihn von sich, legte ihn auf den Rücken, setzte sich auf ihn. Sie zog den Picknickkorb zu sich und holte die Flasche Sekt heraus. Sie öffnete sein Hemd, sie öffnete den Sekt mit einem lauten Knall und ließ etwas der Brause über seine Brustwarzen laufen. Es prickelte herrlich. Sie leckte seine Brustwarzen ab und spürte das leckere Geprickel auf ihrer Zunge. Sie grinste ihn an, jetzt ließ sie einen etwas größeren Schluck in seinen Bauchnabel laufen, es kitzelte ihn ungemein, er konnte sich ein Kichern nicht verkneifen. Sie steckte ihre Zunge in seinen Bauchnabel, spielte damit, saugte das Getränk aus ihm raus. Er atmete schneller, seine Erregung wurde immer größer. Jetzt widmete sie sich seiner Hose, sie öffnete sie, zog sie ihm aus, nahm sein Zepter fest in die Hand, kippte etwas Schaumwein in ihre Hand und ließ ihn an seinem Schwanz herunterlaufen. Er wurde fast wahnsinnig. Sie leckte den Schampus von seinen Eiern bis zur Schwanzspitze mit der Zunge auf. Im nächsten Moment nahm sie seinen Liebesstängel komplett in den Mund, steckte ihn sich bis zum Anschlag in den Hals. Er stöhnte laut, atmete schwer, sein Herz raste. Um das Spiel nicht zu schnell enden zu lassen, zog er sein Glied aus ihrem Hals. Er steckte ihr seine Zunge in den Hals. Sein Blick fiel in den Korb, und er sah das Seil und den Vibrator. Da kam ihm eine Idee. Er half ihr auf die Beine, nahm sie an die Hand und stellte sie an einen Baum. Er nahm das Seil und fesselte ihr die Hände hinter dem Baum. Wieder küsste er sie, sie lachte. Er öffnete ihr Kleid, Knopf für Knopf, er entfernte ihr Bikinioberteil, spielte mit ihren harten Nippeln. Er lutschte daran, sog sie zwischen seine Lippen kitzelte sie. Seine Hand glitt in ihr Höschen, seine Finger fanden ihren nassen Eingang, er ließ sie in ihr tanzen. Er ließ von ihr ab, beobachtete sie, neckte sie, kitzelte sie. Er holte den Vibrator und nahm ihn in Betrieb. Mit der summenden Spitze glitt er über ihre Brust, verschaffte ihr Lust, sie konnte sich nicht wehren. Sie hatte am ganzen Körper Gänsehaut, sie hatte noch nie solche Gefühle gespürt wie in diesem Moment. Er ließ das Gerät weiter nach unten gleiten, hielt es an ihre Schamlippen, an ihren Kitzler, dabei küsste er sie immer heißer. Seine Zunge erforschte ihren Mund, während das Gummigerät ihre Auster mit Perle erkundete. Sie wollte schreien vor Ekstase. Er legte das Spielzeug weg, sie kam kurz zu Atem, er ging in die Knie, spreizte ihre Beine noch etwas mehr und legte seinen Kopf zwischen ihre Schenkel, bevor er tief mit seiner Zunge in sie eindrang. Er leckte sie bis zum Orgasmus, jetzt schrie sie ihre Gefühle lauthals heraus. Er band sie los, sie sprang auf seine Arme, und er trug sie zurück zur Decke. Er setzte sich darauf, sie setzte sich auf seinen harten Hammer und ritt ihn voller Vergnügen. Er nahm ihre Brüste in die Hand und leckte ihre Nippel. Sie wechselten die Stellung, und er nahm sie von hinten, er steckte sein Schwert langsam in ihre Scheide, zog es wieder heraus, wiederholte dies mehrmals, um sie etwas zu necken. Kurz vorm Erguss packte er sie an der Hüfte und stieß sie hart und schnell, er spritze sein ganzes Ejakulat tief in sie. Er war gekommen. Sie hatte einen zweiten wunderbaren Orgasmus erlebt, mit ihm zusammen. Nachdem sie ruhiger atmen konnten, nahmen sie einen kleinen Snack zu sich, packten ihre Sachen zusammen und gingen zurück zum Auto. Mittlerweile war es Abend geworden, die Dämmerung brach herein. Sie fuhren zurück auf die Landstraße, nach Hause wollten sie noch nicht. Sie fuhren einfach drauf los, immer geradeaus. Sie erblickten ein Straßenschild, „Badesee 5 km". Sie blickten sich an, lachten sich an und wussten, wo sie jetzt hinfahren würden. Sie trug ja eh schon ihren Bikini, obwohl das nichts zur Sache tat. Sie erreichten den See, er war gut versteckt, ein Stück im Wald gelegen. Sie kannten ihn nicht, er war aber wunderschön, nicht so groß, die Frösche quakten, die Eulen machten sich bemerkbar. Der Mond ging auf, Vollmond. Er tauchte den See in silberfarbenes Licht. Sie hielt eine Zehe ins Wasser, es war wunderbar warm. Sie schlüpfte aus ihrem Kleid, zog ihren Bikini aus und ging hinein. Sie ließ sich auf der Wasseroberfläche treiben, ihre Warzen guckten in den Himmel, sie leuchteten im Mondschein. Er kam ihr leise hinterher, legte seine Arme unter ihren Po und Rücken und schob sie sanft übers Wasser. Dieses zarte Gefühl, wie das Wasser ihre Haut umschmeichelte, war unglaublich. Er stand in hüfttiefem Wasser, sie stellte sich vor ihn. Sie legte die Arme um seinen Hals, sie küssten sich wieder. Sie spürte seine Latte an ihrem Unterleib, er wollte schon wieder. Er zog sie im Stehen auf sich und stieß seinen Prügel tief in sie. Sie stöhnte, bewegte sich sanft auf ihm, tanzte auf seinem Apparat. Die Schwerelosigkeit im Wasser machte das einfach. Diesmal war es ein sehr knappes Intermezzo, nach ein paar Minuten spritzte er ab. Er entschuldigte sich dafür und versprach ihr, es wieder gutzumachen. Sie verließen den See. Es war spät geworden, sie fuhren nach Hause. Sie fragte ihn, ob er nicht bei ihr übernachten wollte, er hatte nichts dagegen, es war ihm sogar ganz recht, er war seit fünf Uhr dreißig morgens auf den Beinen. Sie gingen nach oben in ihre Wohnung, legten sich auf ihr Bett, kuschelten und schliefen ein. Am nächsten Morgen war er verschwunden. Es war schon elf Uhr, natürlich war er verschwunden, er musste wieder arbeiten. Er hinterließ ihr eine Nachricht, er wollte sie anrufen. Sie ließ den gestrigen Tag Revue passieren, sie hatte wieder ein Ziehen im Bauch, als sie an ihn dachte, wieder und wieder. Es war so aufregend gewesen. Ihr Telefon klingelte, riss sie aus ihren Gedanken. Er war es. Er lud sie heute Abend um achtzehn Uhr zum Essen ein. Sie sagte zu. Bis dahin war noch Zeit, es war gerade zwölf Uhr. Dennoch überlegte sie bereits, was sie anziehen sollte, Bikini und Kleid fielen ja heute Abend wohl aus, er wollte mit ihr zum Italiener. Es musste schon etwas Schickeres sein. Sie krempelte ihren Kleiderschrank fünfmal um, trotzdem fand sie nichts Passendes. Also: shoppen. Sie machte sich auf den Weg in die Innenstadt, um sich ordnungsgemäß einzukleiden. Noble Unterwäsche und Strümpfe mit der passenden Halterung, ein angemessenes kurzes Abendkleid, vernünftige High Heels. Geschafft. Es war schon fünfzehn Uhr, sie musste sich sputen, sie wollte sich ja noch baden, frisieren, schminken und anziehen. Kurz vor sechs war sie fertig, gerade richtig, er stand schon vor der Haustür. Sie öffnete ihm, er kam zu ihr nach oben. Ihm stockte der Atem, so schön war sie. Er nahm sie in den Arm und küsste sie. Sie schob ihn sanft von sich und schenkte ihm ihr schönstes Lächeln. Sie bat ihn um Contenance, sie wollte schließlich nicht völlig verwüstet beim Italiener auftauchen. Er sah es ein, sie gingen aus dem Haus. Sie saßen sich im Restaurant gegenüber. Das Essen war köstlich. Er bekam nur wenig davon mit, da sie ihren Fuß zwischen seinen Beinen hatte und mit seinem Lümmel spielte. Er musste sich sehr konzentrieren, wenn der Service zum Tisch kam. Genug, er bestellte die Rechnung, und sie verließen das Lokal. Er hatte sich etwas beruhigt, drängte sie zum Auto, übersäte sie mit heißen Küssen. Er konnte es kaum erwarten, mit ihr zu schlafen, es war so schön gestern, das wollte er wieder. Sie fuhren zu seiner Wohnung, er hatte ein Appartement unterm Dach. Kurz vor der letzten Treppenstufe hielt er sie fest, er bat sie, sich auf die Treppe zu knien. Sie folgte seinem Wunsch. Er schob ihr den Rock über den Arsch, sah ihren Spitzenstring, ihre Strapse, ihre Seidenstrümpfe, ihre hohen Schuhe. Er konnte nicht mehr an sich halten, er kniete sich hinter sie und leckte ihr Fötzchen. Er steckte ihr zwei Finger in den feuchten Schlitz und spielte mit der Zunge an ihrem Kitzler. Sie keuchte. Er stieß sie ganz zärtlich. Jetzt steckte er seine Zunge in sie, sie konnte es kaum ertragen. Er öffnete seine Hose, holte seinen Riemen raus und ließ ihn zwischen ihren Schamlippen hin- und hergleiten. Er steckte seine Eichel ganz kurz in sie und zog sie wieder raus, er spielte mit ihrer erogenen Zone. Sie hatte Herzrasen, sie konnte es kaum noch aushalten. Sie erhob sich, bat ihn, die Tür zu öffnen. Er schnappte sie und trug sie in seine Wohnung. Aber anstatt sie aufs Bett oder die Couch zu legen setzte er sie auf die Waschmaschine. Er hatte schon im Flur gehört, dass sie schleuderte. Er spreizte ihre Beine, zog sie zu sich ran und fickte sie während des Schleudervorgangs. Sie spritzten beide gleichzeitig ab. Als die Maschine zum Ende gekommen war, waren auch sie zum Ende gekommen.

Probearbeit

Sie war auf Jobsuche. Warum? Ihr letzter Job war gelinde gesagt beschissen. Zwei junge Chefinnen, die keinen Plan von
Nichts hatten, branchenfremd waren. Hauptsache, ein Restaurant eröffnen ohne Erfahrung, ohne die Tipps und Ratschläge
der Mitarbeiter zu beherzigen, die schon viele Jahre Gastrono-
mie-Erfahrung mitbrachten. Egal, es war zum Glück beendet, sie
konnte nach vorne schauen und sich in Ruhe nach einem neuen
Aufgabengebiet umschauen. Sie war Servicekraft, sie liebte ihren Beruf, sie hatte schon in etlichen Hotels, Restaurants oder
Bars gearbeitet, sie war erfahren. Deswegen ließ ein neuer Job
bestimmt nicht lange auf sich warten. Sie hatte schon mehrere
Bewerbungen in Umlauf gebracht. Das Klingeln ihres Telefons
riss sie aus ihren Gedanken. Fremde Nummer. Eigentlich ging
sie nicht an den Apparat, wenn eine unbekannte Nummer auf
ihrem Display aufleuchtete, aber sie erkannte eine städtische
Vorwahl. Sie nahm ab. Am anderen Ende meldete sich eine junge Frau. Sie stellte sich als Frau Müller vom Gasthof Müller vor
und lud sie zum Vorstellungsgespräch ein. Sie einigten sich auf
den kommenden Mittwoch, zehn Uhr. Sie verabschiedeten sich
voneinander und legten auf. Mittwoch: Sie suchte passende Kleidung für ihr Gespräch, schwarze Hose, ordentliche Bluse, sau-
bere Schuhe. Die Haare perfekt frisiert, dezentes Make-up. Sie
wollte wie bei allen ihren Gesprächen einen seriösen Eindruck
vermitteln, ihr vielleicht zukünftiger Arbeitgeber sollte sie als
solide, ansprechende Frau kennenlernen. Gepflegt und aufge-
räumt. Sie hatte sich gut vorbereitet, hatte im Internet recher-
chiert, natürlich die Speisekarte hoch und runter gelesen. Gut-
bürgerliche Küche, das gefiel ihr. Sie ging zum Auto, sie musste
circa zwanzig Minuten fahren. Der Gasthof, mit zehn Gästezim-
mern, lag außerhalb der Stadt, ein bisschen im Wald versteckt,
ein kleiner See nebenan. Ein schöner, gepflegter Kinderspiel-
platz, ein großer Biergarten vor dem Haus. Das Haus an sich

war ein unter Denkmalschutz gestellter Bauernhof von anno dazumal. Man merkte, dass den Eigentümern sehr daran gelegen war, alles in Schuss zu halten, es wirkte alles sauber und ordentlich, zumindest das, was sie bis jetzt gesehen hatte. Sie war angekommen, Parkplatz direkt vor der Tür. Sie trat in das Gebäude und meldete sich beim Personal, sie erklärte der Servicekraft, die sie herzlich begrüßte, dass sie jetzt ein Gespräch mit Frau Müller hätte. Die Servicekraft bat sie, Platz zu nehmen, fragte sie, ob sie einen Kaffee trinken wolle. Sie bejahte diese Frage. Die Kellnerin zog von dannen, kümmerte sich um ihr Getränk und verständigte die Geschäftsleitung. Doch nicht Frau Müller begrüßte sie herzlich, sondern Herr Müller. Er entschuldigte seine Frau, sie war erkrankt. Sie verließen den Gastraum und suchten sein Büro auf. Es war etwas chaotisch, aber das waren die meisten Büros in solchen Gasthäusern. Sie nahmen Platz, sie sollte kurz und knapp erzählen, was sie in den vergangenen Jahren gemacht hatte, warum sie sich jetzt bei ihnen beworben hatte und arbeiten wolle und so weiter. Sie erzählte von sich, beantwortete Fragen, stellte Fragen. Nach einer knappen Stunde war das Gespräch beendet. Sie hatte ihn eindeutig beeindruckt. Er schlug ihr einen oder zwei Probearbeitstage vor, sie stimmte gerne zu. Bevor sie ging, zeigte er ihr das gesamte Anwesen. Er zeigte ihr den Gastraum samt daneben liegendem Seminarraum, vom Gastraum ging es auf die Terrasse, von der Terrasse zum Spielplatz, zum See und wieder zurück. Auf dem Rückweg zeigte er ihr das Herzstück des Hauses: die Küche. Es war eine hochmodern eingerichtete Großküche. Edelstahltische- und -schränke, drei nagelneue Konvektomaten, zwei riesige Gasherde. Alles bestens ausgestattet für kalte und warme Küche, es gab sogar eine Extra-Dessertküche. Alles, was das Herz begehrte.

Er stellte ihr sein Team von Köchen, Küchenhilfen, Spülkräften vor. Gerade als sie sich verabschieden wollte, kam ihr ein weiterer Koch entgegen. Er hatte sich verspätet, er hatte verschlafen. Sie kannte ihn, er freute sich, sie zu sehen, begrüßte sie, fragte sie, was sie hier tun würde. Sie erklärte ihm die Situation, und dass sie nächste Woche ihren ersten Probearbeitstag hätte. Jetzt aber ging sie wirklich aus der Tür. Das Gespräch war super gelaufen, sie hatte ein Lächeln im Gesicht, sie freute sich auf den Probetag nächste Woche. Sie freute sich auf das gesamte Team und vor allem aber auf ihren Koch. Sie hatten schon mal zusammengearbeitet, in einem großen Hotel in der Stadt. Mit ihm gab es immer was zum Lachen, eigentlich konnte man mit ihm Pferde stehlen, er war ihr damals ein richtig guter Freund geworden. Außerdem war er Franke, allein sein Dialekt ließ sie lächeln. Selbst wenn er mal mürrisch wurde, dank seines Dialektes konnte sie ihm nie böse sein. Heute war der Probetag, es war Dienstag. Sie kleidete sich an, schwarzer String, weißer BH, schwarze Stoffhose, weiße Hemdbluse, schwarze, bequeme Schuhe. Gürtel mit Gürteltasche und Schürze packte sie vorsichtshalber ein, eventuell brauchte sie die Sachen heute. Vielleicht bekam sie aber auch eine Schürze gestellt. Viele solcher Familienbetriebe hatten oftmals ihre eigenen Logos auf ihrer Arbeitskleidung, sie hatte beim Vorstellungsgespräch nicht wirklich darauf geachtet, sie hatte so viele andere gute Eindrücke bekommen. Sie ließ es einfach auf sich zukommen. Zehn Uhr, Dienstbeginn. Sie betrat den Gastraum. Sie fand die nette Bedienung vom vorigen Mal, stellte sich noch mal vor und sagte ihr, dass sie jetzt zum Arbeiten da wäre. Die Kellnerin war überrascht, der Chef hatte ihr nichts davon gesagt, sie freute sich aber über die Unterstützung. Sie gab ihr eine passende Weste über die Bluse sowie eine Schürze. Ein paar Gäste saßen noch beim Frühstück. Das Buffet sollte bis zehn Uhr dreißig stehen bleiben, nach dem Frühstück bereiteten sich alle auf die Mittagszeit vor. Zwischendurch wurden die freien Tische für den Mittagtisch eingedeckt, Tischdecke, Stoffservietten, Besteck und Gläser. Als Dekoration ein kleines Blumenbouquet und eine Kerze. Es sah alles ein bisschen aus wie zu „Großmutters Zeiten", aber es war gemütlich. Sie bediente ihre Gäste, lachte, räumte die Tische ab, redete mit ihren Gästen, es machte ihr einfach Spaß. Das merkten auch die Kunden. Sie brachte das Geschirr in die Spülküche, da war er wieder. Werner! Ihr früherer Kollege aus dem Hotel. Sie hörte ihn schon von draußen, er war nicht gerade leise, wenn er einen seiner Witze erzählte. Er wurde sehr geschätzt vom Kollegium, von Werner konnte man alles haben, wenn man sich gut mit ihm verstand, er war einfach ein herzensguter Mensch.

Sie stellte die Teller ab und drückte ihn fest an sich. Sie begrüßten sich herzlich. In der vergangenen Woche war ja keine Zeit dafür gewesen, da er viel zu spät dran war und sie im Begriff zu gehen. Er funkelte sie mit leuchtenden Augen an, sie funkelte zurück. Es lag Spannung in der Luft. Er war mal verheiratet gewesen, aber geschieden. Nach der Scheidung stürzte er sich in seine Arbeit, er liebte seinen Beruf über alles. Frauen wollte er nur noch zum kurzen Vergnügen, aber nichts Festes mehr. Er hatte die Nase voll. Er war auch nicht der klassische Ehemann, er wollte arbeiten gehen und seinen Spaß haben. Mehr nicht. Sie hielten einen kurzen Plausch, sie musste sich wieder ihren Gästen widmen. Der Tag verging wie im Flug, es war schon achtzehn Uhr. Ihr Probetag neigte sich dem Ende zu, sie suchte das Büro ihres Chefs auf, wollte sich verabschieden. Sie berichtete ihm kurz und knapp, wie der Tag für sie gelaufen war, und freute sich auf den nächsten Probetag. Ihr potenzieller zukünftiger Arbeitgeber bedankte sich für ihre gute Arbeit und freute sich ebenfalls auf den nächsten Probearbeitstag, der allerdings erst in der kommenden Woche stattfinden sollte. Sie verließ das Haus und ging zum Parkplatz. Auf dem Weg dorthin traf sie wieder Werner, auch er machte gerade Feierabend. Sie strahlten sich an. Sie blieben vor ihrem Auto stehen und redeten und redeten. Über die Vergangenheit, wer was in den vergangenen Jahren gemacht hatte, wie es ihnen ergangen war, wo sie jetzt wohnten. In der Küche konnten sie nicht lange quatschen, jetzt hatten sie Zeit dazu. Er fragte sie, ob sie nicht noch etwas trinken gehen wollten. Sie freute sich über seine Einladung, wollte aber erst nach Hause, sich duschen und umziehen. Sie würde dann zu ihm kommen. Ihm ging es nicht anders, er war genauso verschwitzt von der Arbeit, wollte sich erst frisch machen. Sie verabredeten sich für einundzwanzig Uhr bei ihm. Er wohnte nicht weit vom Gasthaus, eigentlich nur einen Ort weiter. Sie nahm die Strapaze gerne auf sich. Heim, duschen, sexy anziehen, zurück zu ihm. Machte nichts, es hetzte sie ja niemand, und daheim wartete keiner auf sie. Sie stellte sich vor, wie es wäre, mit ihm zu bumsen, das hatte sie nämlich tatsächlich noch nicht, obwohl sie auch kein Kind von Traurigkeit war. Aber als sie zusammen im Hotel gearbeitet hatten, war er noch verheiratet gewesen und sie fest vergeben. Sie war gespannt, ob da heute Abend noch etwas passieren würde. Sie machten sich beide auf den Nachhauseweg, gingen duschen, richteten sich her. Sie überlegte, was sie tragen sollte, auf jeden Fall sexy Unterwäsche, wer weiß für was es gut war. Sie zog ein schwarzes, kurzes Kleid über, schwarze, hohe Schuhe dazu. Sie war mit sich zufrieden. Sie wusste auch nicht, wo sie noch einkehren wollten. Egal, sie setzte sich ins Auto und fuhr zu ihm. Kurz nach einundzwanzig Uhr fand sie endlich seine Wohnung. Sie klingelte, er öffnete. Er sah sehr gut aus, kurzes weißes Leinenhemd, kurze Hose, braune Mokassins. Perfekt für eine laue Sommernacht. Er war schon fast fünfzig Jahre alt, sah aber jünger aus. Volles, dunkles Haar, dunkle Augen, braungebrannte Haut. Lange muskulöse Beine, große Hände, weiße Zähne. Sie konnte gar nicht so schnell gucken, wie er sie an sich zog und stürmisch küsste.

Leidenschaft pur. Sie erwiderte sein Zungenspiel nur zu gerne. Er schloss die Tür hinter ihr, nahm sie an der Hand und zog sie ins Wohnzimmer. Er hatte eine Flasche Schampus ins Eisfach gelegt, die er jetzt öffnete. Er gab ihr ein Glas des eiskalten Champagners, und sie stießen an. Der Alkohol brachte ihr Blut in Wallung. Jetzt küsste sie ihn. Sie fand es aufregend, ihn zu küssen, ihn zu berühren. Sie hatte es sich schon mehrmals vorgestellt, aber bis jetzt hatte sich keine Gelegenheit ergeben. Eigentlich wollte er noch eine Kleinigkeit zum Essen vorbereiten, hatte jedoch außer Champagner nichts im Kühlschrank. Sie wunderte sich nicht, das war bei ganz vielen ihrer Gastro-Kollegen so. Da sie beide etwas Hunger hatten, schlug er vor, zurück ins Gasthaus zu fahren. Er hatte einen Schlüssel für die Küchentür, er war langjähriger Angestellter, außerdem der beste Vertraute vom Chef und selbst Küchenchef. Ihr war etwas mulmig zumute, aber sie stimmte zu. Es war mittlerweile zweiundzwanzig Uhr, und die Küche war sowieso schon geschlossen. Das Servicepersonal hatte ebenfalls Feierabend, nur noch der Chef war im Haus, aber dessen Wohnung lag auf der anderen Seite des Geländes. Der Nachtportier für eventuelle nächtliche Sorgen der Gäste, war schon alt und schlief meistens vor seinem kleinen Fernsehgerät ein. Also konnten sie ungesehen durch die Hintertür in die Küche huschen. Er machte ein kleines Licht an, nicht die komplette Küchenbeleuchtung, für was auch, er kannte seine Küche wie seine eigene Westentasche. Er zog sie Richtung Kühlhaus, wollte schauen, was er verwerten konnte. Am Kühlhaus angekommen, drückte er sie mit seinem ganzen Körper an die Tür. Er wollte sie küssen, sie berühren, sie lecken, sie fingern, sie ficken. Er ließ seine Zunge über ihren Hals gleiten, nahm ihren prallen Busen in beide Hände, küsste ihn. Sie atmete schnell, sie war aufgeregt, wusste nicht, ob sie gehört oder sogar erwischt werden würden. Aber in einer solchen Umgebung hatte sie es bis jetzt noch nicht getrieben. Sie fand es sensationell. Noch immer an der Tür lehnend schob er ihr das Kleid über den Po. Seine Finger wanderten zwischen ihre Schenkel, hin zu ihrer Vagina, sie war feucht und heiß, als er zwei Finger in ihr verschwinden ließ, um sie ein wenig zu necken. Sein Daumen lag auf ihrem Kitzler, er streichelte ihn sanft. Sie stöhnte leise, schob ihr Becken weiter nach vorne, damit seine Finger sich noch tiefer in sie bohren konnten. Er verschaffte ihr eine Lust, die sie schon lange nicht mehr erlebt hatte. Er spreizte ihre Beine, ging in die Knie und steckte seine Zunge in ihren Schlitz. Zog sie wieder raus, stieß sie wieder rein. Ließ sie über Schamlippen und Kitzler streichen, sie keuchte voller Erregung. Sie wollte mehr, sie wollte endlich seinen Prügel in sich spüren. Er packte sie an der Hüfte und setzte sie auf den Edelstahltisch, öffnete seine Hose und holte seinen harten, großen Schwanz raus. Er zog sie zu sich ran und fickte sie auf dem Tisch. Er stieß sie erst langsam, dann, wieder schnell, sie stützte sich rückwärts mit den Händen auf dem Tisch ab, schob ihren Arsch weit nach vorne, damit er es ihr ordentlich besorgen konnte. Stellungswechsel: Er zog sie vom Tisch runter, küsste sie wieder, drehte sie langsam um, drückte sie mit dem Bauch auf den Tisch und zog ihren Po zu sich heran. Er spreizte ihre Beine, streichelte ihr über den Rücken, über den Arsch und ließ seinen Schwanz tief in ihr verschwinden. Sie war so schön eng, er hatte noch nie eine so geile, kleine Muschi gefickt. Sein Schwanz hingegen war riesig, prall, dick und voll gefüllt. Sie stöhnte lauter und lauter, als er sie wieder und wieder mit harten Stößen versorgte. Sie spürte ihren Orgasmus nahen. Sie schrie ihn heraus. Auch Werner konnte sich nicht mehr zurückhalten, sein Schwanz pulsierte, gleich würde er spritzen. Er zog seinen Prügel aus ihr raus und spritzte seine volle Ladung Sperma über ihren Arsch. Sie keuchten, genossen diesen Moment. Normalerweise konnte er länger, er war ja schon älter und erfahrener, aber sie machte ihn enorm an, er fand sie einfach extrem gut bumsbar. Sie lachten sich an, so ein Erlebnis hatte sie noch nie, sie war glücklich. Endlich wieder richtig schmutziger Sex, auch noch in der Küche ihres vielleicht neuen Chefs. Sie musste innerlich grinsen. Aber es wusste ja keiner außer ihr und Werner. Sie zogen sich an, Werner warf einen Blick ins Kühlhaus, fand noch eine abgehangene, geräucherte Wurst und einen Laib Brot. Das musste reichen für heute Nacht. Es war schon spät, sie verließen die Küche und machten sich auf den Heimweg. Zu Hause angekommen machten sie es sich auf der Couch bequem. Sie aßen eine Kleinigkeit, tranken ihren Champagner leer. Nach dem Essen hüpften beide unter seine Dusche, sie hatte überall Sperma verteilt, das sie abwaschen wollte. Er wollte sich ebenfalls frisch machen, außerdem wollte er sie nackt sehen, ihren schönen, schlanken Körper bewundern. Sie streicheln und einseifen, sie küssen und überall berühren. Er war sehr muskulös, wenn er Zeit hatte, ging er ins Fitnessstudio, verwöhnte seinen Körper mit Sauna und Solarium. Ein sehr gepflegter Mann. Sie verließen die Dusche fummelnd und knutschend und landeten im Schlafzimmer. Vor dem Bett hatte er einen weißen, großen Flokati-Teppich liegen. Sie platzierte Werner darauf und widmete sich seinem Gemächt. Sie packte seine Eier, griff fest hinein, sie nahm seine Eichel in den Mund, ließ ihre Lippen über sie gleiten. Er keuchte. Jetzt nahm sie ihre Zunge und spielte damit an seiner Schwanzspitze. Er fand es wundervoll. Jetzt nahm sie die Hand dazu, massierte seine Latte und nahm sie vollständig in den Mund, ganz tief in den Hals hinein. Langsam rein und langsam wieder raus. Er stöhnte. Jetzt setzte sie sich mit ihrem nassen Fötzchen auf seinen harten Schwanz, sie ritt ihn, erst ganz zärtlich, dann immer schneller. Sie legte ihre Hand auf ihren Kitzler und streichelte ihn. Sie bewegte ihr Becken vor und zurück, hoch und runter, immer schneller, immer noch mit der Hand an ihrem Kitzler. Jetzt schrie sie ihre Lust heraus. Sie merkte, wie auch er zum Höhepunkt kam und seinen gesamten Erguss in sie entlud. Erschöpft stieg sie von ihm ab und legte sich neben ihn. Sie atmeten noch immer schwer. Sie kuschelten sich aneinander und schliefen ein. Das war ein gelungener Probearbeitstag.

Wellness

Sie war auf Reisen. Allein. Sie war verheiratet, eigentlich glücklich, jedoch fehlte ihr etwas. Sie wollte mehr Sex, ihr Mann war ein paar Jahre älter als sie, arbeitete viel, war oftmals viel zu müde, um noch einen „hochzukriegen". Er vertröstete sie dann immer auf morgen, aber wenn morgen war, war er genauso müde und hatte keine Lust. Sie war frustriert. Sie war Anfang vierzig stand mit beiden Beinen im Leben, wollte auch noch mehr erleben als immer nur daheim zu hocken. Deswegen nahm sie sich eine Woche Urlaub, setzte sich in den Zug und fuhr Richtung Bayern. Sie hatte sich ein Hotelzimmer in einem Wellness-Hotel gebucht, sie wollte ihre Gedanken ordnen, sich sortieren. Die letzte Unterhaltung mit ihrem Mann endete wie so oft in Streit, er warf ihr vor, sexsüchtig zu sein. Sie unterstellte ihm, dass er ein Schlappschwanz sei, dass bei ihnen seit Wochen nichts mehr gelaufen wäre, dass er sie vernachlässigen würde. Sie war zornig und schlimmer noch, wieder mal ungebumst. Deswegen fand sie sich jetzt im Zug sitzend wieder. Sie freute sich auf den Tapetenwechsel, endlich mal etwas anderes sehen und hören, neue Menschen kennenlernen, gepflegte Unterhaltungen führen. Im Pool entspannen, Massagen wahrnehmen können, einfach Entspannung für Körper und Seele erleben. Sie war jetzt am Bahnhof angekommen, hielt Ausschau nach dem Shuttle-Bus, der sie zum Hotel bringen würde. Sie fand ihn, der Fahrer verstaute ihr Gepäck im Kofferraum, sie stieg ein und ließ sich zum Hotel chauffieren. Sie checkte ein, ging auf ihr Zimmer. Der Page brachte ihr Gepäck nach oben. Sie hatte Glück, es war schon Herbst, keine Ferienzeit mehr, außerhalb der Saison. Das Vier-Sterne-Hotel hatte sie im Internet entdeckt, zu einem supergünstigen Preis. Sie hatte sich ein Zimmer mit französischem Bett reserviert, sie brauchte Platz. Das Wellness-Angebot war zudem unschlagbar. Ganzkörpermassagen, Fußmassagen, Schlammpackungen, Fango, Ayurveda-Kur und noch viel mehr. Hoteleigener Swimmingpool, eigener Whirlpool. Sie buchte ein Komplettpaket. Eine ganze Woche allein ausspannen, ohne Mann, zumindest ohne ihren eigenen. Ihr Zimmer war eine Wucht, hell und freundlich eingerichtet, zur Begrüßung ein Fläschchen Sekt im Eiskühler stehend, frisches Obst in der Schale auf dem Tisch vorm Fenster. Eine „Herzlich-Willkommen-Karte" auf ihrem Nachttisch neben dem Bett. Ein Fernseher im Wandschrank. Das Badezimmer mit Wanne und ebenerdiger Dusche ausgestattet. Herrlich. Eigener Balkon. Bademantel und Handtücher für den Wellness-Bereich stellte das Hotel zur Verfügung, ebenso flauschige Hausschuhe. Sie war glücklich, endlich konnte es losgehen. Es war schon vierzehn Uhr, sie hatte für fünfzehn Uhr eine Ganzkörpermassage gebucht. Sie musste sich sputen. Schnell duschen, Bikini anziehen, Bademantel drüber, los ging's zur Massage.

Sie betrat den Raum, es roch so herrlich blumig nach Duftöl. Sie schaute sich im Raum um, in der Mitte stand die Massageliege, die Fenster waren mit langen, weißen Stoffvorhängen verhangen, es brannten Kerzen. Jetzt nahm sie ihn wahr, ihren Masseur. Groß, muskulös, sehr männlich. Weiße Schuhe, weiße, enganliegende Hose, es sah aus, als sei er gut ausgestattet, weißes Poloshirt. Sie stellte sich schon vor, was er alles mit ihr anstellen könnte. Sie grinste innerlich. Sie stellte sich ihm vor, erst jetzt merkte sie, dass er einen Blindenstock nutzte. Er war also blind, sie war überrascht. Er bat sie, sich auf die Liege zu legen, am besten zuerst auf den Rücken. Sie entledigte sich ihres Bademantels und kam seiner Aufforderung nach. Nun stellte auch er sich vor und erklärte ihr, was er alles massieren würde, dass sie keine Angst haben müsse, wo er sie überall anfassen würde, außer sie wünsche es ausdrücklich nicht. Dass er ein speziell zubereitetes Öl verwenden würde und so weiter. Sie hörte ihm aufmerksam zu. Was meinte er damit „außer sie wünsche es ausdrücklich nicht?" Sie ließ es auf sich zukommen. Sie schloss die Augen, atmete tief, und er begann. Er stellte sich hinter sie, an das Kopfende. Seine Hände begannen, ihr Gesicht zu berühren. Sie glitten über ihren Haaransatz zu ihrer schmalen Nase, ihren Wangen, ihrem Kinn. Seine Hände rochen nach Lavendel und Zimt und Nelken und anderen beruhigenden Gewürzen. Sie begann, sich zu entspannen, hatte jedoch Bilder im Kopf, wie er sie sexuell verwöhnen würde. Sie merkte, wie sie langsam feucht wurde, ihr Atem ging schon einen Takt schneller. Er fragte sie, ob alles in Ordnung sei oder ob ihr irgendwas nicht gefallen würde. Sie antwortete ihm, wie sehr sie seine Hände genoss, und dass alles in bester Ordnung wäre. Jetzt berührte er ihren Hals, ihren Nacken, ihre Schultern. Er hatte Hände wie Samt. Sie bekam am ganzen Körper Gänsehaut. Jetzt stellte er sich neben die Liege auf Höhe ihrer Augen. Sie wagte einen kurzen Blick auf seine Hose, anscheinend hatte sie auch seine Fantasie geweckt. Sie drehte den Kopf wieder Richtung Decke, schloss die Augen. Sie war gespannt, welche Körperstelle er als Nächstes bearbeiten würde. Er widmete sich ihrem linken Arm, ganz sanft streichelte er sie. Jetzt legte er beide Hände auf ihren Brustkorb, er hob und senkte sich immer schneller, ihr Herz pochte. Er merkte es natürlich sofort, redete mit tiefer Stimme beruhigend auf sie ein. Sie wollte sich nicht beruhigen, sie hatte gerade wunderschöne, heiße Gedanken im Kopf, die ihr Blut in Wallung brachten. Er entfernte ihr Bikini-Oberteil nach ihrer Zustimmung, spritzte sich eine neue Ladung warmes Öl in die Hände und begann, sich weiter nach unten zu arbeiten. Er griff ihre wohlgeformte Brust, fühlte ihre stehenden Nippel, nahm sie zwischen Daumen und Zeigefinger, spielte damit. Sie begann leicht zu stöhnen, sie genoss es redlich. Er glitt mit seinen öligen Handflächen weiter über ihren Bauch, berührte kurz ihr Bikini-Höschen an der richtigen Stelle, und begann, sich an ihren schmalen Schenkeln vorzuarbeiten, bis er ihre Füße erreichte. Sie kicherte, sie war sehr empfindlich an den Füßen, sehr kitzelig. Er nahm einen ihrer Füße und drückte ihn an seine Beule in der Hose. Sie war entzückt. Was würde noch kommen, wenn der Anfang schon so prickelnd war? Er legte ihren Fuß wieder ab und widmete sich nun der Innenseite ihres linken Schenkels. Er massierte und streichelte sie, sie schmolz fast dahin, so heiß war ihr. Jetzt ließ er seine linke Hand in ihrer immer noch vorhandenen Bikini-Hose verschwinden. Sie stöhnte erregt auf. Das, was er vorhin mit ihren Brustwarzen gemacht hatte, machte er jetzt mit ihrem Kitzler. Sie schrie vor Lust. Er öffnete die Schleifen an den Seiten ihres Höschens, jetzt lag sie komplett nackt vor ihm. Auch wenn seine Augen sie nicht sehen konnten, seine Hände konnten es. Er ließ zwei Finger in ihre Vagina gleiten, sie war heiß und nass. Er spielte darin, mit dem Daumen streichelte er ihren Kitzler. Sie konnte kaum noch Luft holen. Er war noch nicht fertig mit seiner Verwöhn-Massage, er bat sie, sich auf den Bauch zu legen. Jetzt kümmerte er sich erst mal um ihren Rücken, verteilte eine neue Ladung Öl darauf. Seine Hände glitten mal sanft, mal härter über ihn. Danach ging es über ihr Kreuz zu ihrem Po. Er streichelte ihn zärtlich mit der gesamten Handfläche, im nächsten Moment waren wieder ihre Schenkel an der Reihe, und ihre Füße. Sie konnte gar nicht glauben, was sie da erlebte. Wieder berührten ihre Füße seinen harten Schwanz, auch er fing jetzt schneller an zu atmen. Er drückte sein Gemächt an ihre Füße, vor und zurück, immer härter. Er war geil, sein Schwanz steinhart. Er fragte sie, ob sie sich hinknien und mit der Brust und den Armen auf der Liege bleiben könne. Seine Finger suchten wieder das Innere ihrer engen Muschi, im nächsten Moment zog er die Finger raus und steckte seine lange Zunge rein. Sie keuchte, sie hatte Gefühle in sich, die sie bis zum heutigen Tag nicht erlebt hatte, sie freute sich, sie lachte. Seine Zunge kreiste jetzt um ihre Schamlippen, wieder in ihr nasses Loch, an ihren Kitzler. Seine Aufmerksamkeit galt nun ihrem Poloch, er umkreiste es mit seiner Zunge, während seine Finger wieder in ihrer Muschi steckten und darin spielten. Sie schrie auf vor Geilheit, er fingerte und leckte sie zum Orgasmus. Nachdem sie ihr kurzes Glück genossen hatte, hob er sie von der Liege, stellte sie breitbeinig davor, drückte sie mit dem Oberkörper darauf und drang von hinten in ihre immer noch geile, nasse, Fotze ein. Sein großer Schwanz füllte sie vollkommen aus, er stieß sie mal zart, mal hart. Er legte sich mit dem Bauch auf ihren Rücken, legte seine rechte Hand an ihren Kitzler und fickte sie, bis sie noch mal zum Höhepunkt kam. Auch er konnte seinen Erguss nicht mehr zurückhalten, er merkte, wie sein Schwanz pulsierte, gleich würde es aus ihm herausschießen. Er zog sein Glied aus ihr raus und spritze ihr auf den Rücken, schwallartig kam seine ganze Lust der vergangenen Tage aus ihm raus. Die Massage war für heute beendet. Sie zogen sich an und verließen den Raum. Sie ging auf ihr Zimmer, er machte jetzt Schluss für heute. Sie trat erneut unter die Dusche und machte sich im Anschluss auf den Weg zur Bar. Zum Abendessen war es noch zu früh. Sie wollte sich ein Glas Wein gönnen, ihr Erlebnis mit dem Masseur Revue passieren lassen. Sie war noch immer erregt, freudig erregt, sie glaubte fast, es geträumt zu haben. Aber es war wirklich geschehen. Sie spürte noch immer seine Hände auf ihrem Körper, hatte seinen Geruch in der Nase. An der Bar angekommen, bestellte sie sich ein Glas trockenen Rotwein. Sie hing ihren Gedanken nach, dachte an ihren Mann, überlegte, wie sie ihm den Seitensprung beichten sollte, verdrängte den Gedanken im nächsten Moment wieder, er musste es ja nicht wissen. Ihre Aufmerksamkeit galt nun einem gutaussehenden Herrn, der neben ihr Platz nahm. Er lächelte sie an. Sie schaute in wunderschöne, grüne Augen. Wow! Schwarze Haare, sonnengebräunte Haut, weiße Zähne. Er sah einfach toll aus. Groß, muskulös, schön gepflegte Hände und Nägel. Sie stand auf große Männer. Sie kamen ins Gespräch, redeten über dies und das, aßen im Anschluss gemeinsam zu Abend. Ihre Zimmer lagen zufällig nebeneinander auf dem Flur. Als sie sich verabschieden wollte, drückte er sie mit seinem ganzen Körper an die Wand, hielt ihre Arme und Hände fest über ihrem Kopf zusammen, und steckte ihr seine Zunge in den Mund, und erforschte das Innere ihres Mundes. Sie war überrascht, jedoch wollte sie sich gar nicht wehren, sie erwiderte seine Zungenspiele gierig. Sie roch seinen männlichen Duft, sein Atem war heiß, ihr war heiß. Er hob sie auf seine Hüfte und stieß seine große Beule gegen ihre Vagina, sie begann lustvoll zu stöhnen. Er trug sie zu ihrer Zimmertür, sie öffnete sie mit einer Hand, mit der anderen hielt sie sich an seinem Hals fest. Er warf sie aufs Bett. Plötzlich klopfte es an der Tür. Wer konnte das sein? Eigentlich ja nur der Zimmerservice, sie kannte hier ja keinen, und Besuch erwartete sie auch nicht. Sie erhob sich schwer atmend, ihre

Bekanntschaft machte es sich mittlerweile auf dem Bett bequem. Sie öffnete die Tür. Sie traute ihren Augen nicht, da stand er: ihr Mann. Sie stotterte etwas vor sich hin. Er verstand es gar nicht, schob sie in ihr Zimmer und küsste sie innig. Seine Augen konnten gar nicht von ihr lassen, immer wieder küsste er sie. Er streichelte sie, ihren Busen, ihren Bauch, küsste sie immer wieder. Jetzt schweifte sein Blick durch ihr Zimmer, seine Augen blieben an ihrem Bett hängen. Er sah sie fragend an. Sie blickte zuerst beschämt auf den Boden, wie sollte sie ihm das erklären? Er wartete auf eine Antwort. Sie erhob trotzig den Kopf und sagte ihm mit ganz ruhiger Stimme und zornig funkelnden Augen, dass sie sich das holen würde, was er ihr nicht geben konnte oder wollte. Sie legte sich auf ihr Bett zu ihrem Lover und ließ ihren Mann einfach stehen. Ihre ganze Aufmerksamkeit galt jetzt wieder ihrem schwarzhaarigen, großen Liebhaber. Sie kniete sich neben ihn, öffnete geschickt seine Hose und holte einen langen Schwanz heraus. Er war riesig. Genussvoll legte sie ihre Lippen daran und begann, mit ihrer Zunge seine Spitze zu kitzeln. Ihre Augen waren dabei immer auf ihren Mann gerichtet. Tatsächlich gefiel ihm, was er da sah. Er hatte sie wirklich schon lange nicht mehr gefickt, was ihm jetzt leidtat. Er zog seine Hose aus und legte sich neben den Fremden. Jetzt kniete sie zwischen den beiden Männern und hatte zwei Schwänze in den Händen, die sie rubbeln und lutschen konnte. Es war wie ein Traum für sie, in ihrer Fantasie hatte sie sich schon mehrmals einen Dreier ausgemalt, jedoch hatte sie so etwas noch nie erlebt. Zwei Hände, zwei große, harte Schwänze, zwei Männer, unglaublich. Während sie einen Schwanz leckte und mit der Zunge bearbeitete, hielt sie den anderen in der Hand, ließ ihn zwischen ihren Fingern hoch und runter flutschen, mal schneller, mal langsamer. Dann wechselte sie, nahm den anderen Schwanz in den Mund, beziehungsweise die Hand. Die Männer hatten die Augen geschlossen, genossen ihre Zunge und ihre Hände. Jetzt aber war sie an der Reihe, ihr Mann zog ihr das Kleid über den Kopf. Sie trug einen Spitzen-BH und einen passenden String. Er zog ihr auch den BH aus, er kniete vor ihr, sie vor ihm. Er streichelte ihre Brüste, küsste ihren

Hals, dann ging er zu ihren harten Nippeln über, nahm sie zwischen seine Lippen lutschte daran. Gleichzeitig kniete ihre Bekanntschaft hinter ihr, streichelte erst ihren Rücken, ihren Arsch, und steckte dann seine Finger in ihre nasse Vagina. Sie stöhnte, es war der Wahnsinn, solche Gefühle. Ihr Mann hatte mittlerweile seine Finger an ihrem Kitzler und streichelte ihn. Die Männer ließen sie sich auf den Rücken legen, der Fremde spreizte ihre Beine, legte seinen Kopf zwischen ihre Schenkel und leckte genüsslich ihre Vulva. Sie entspannte dabei sichtlich. Ihr Mann kniete neben ihrem Kopf und fickte ihren Mund. Sie ließ es gierig geschehen, spielte mit, ließ sich den ganzen Schaft in den Hals stecken. Sie brodelte, sie kochte. Jetzt schlang der Fremde ihre Beine um seinen Hals und drang in ihre heiße, nasse Muschi ein. Er stieß sie schneller und schneller. Sie hatte mittlerweile den Schwanz ihres Mannes in der Hand und bearbeitete ihn.

Jetzt Stellungswechsel, sie ging auf Hände und Knie, ihr Mann fasste an ihren Arsch, fickte sie von hinten in die Vagina, während sie vorne dem Fremden den Schwanz lutschte. Ihr Mann packte sie an der Hüfte und bumste sie, wie er es vorher noch nie getan hatte. Sie schrie ihren Orgasmus heraus, sie war gekommen, wie sie vorher noch nie gekommen war. Ihr Herz raste, sie legte sich wieder auf den Rücken. Sie atmete schwer und schnell. Jetzt knieten die Männer neben ihr, einer rechts, einer links. Sie nahmen ihre Schwänze in die Hand und spritzten ihr gesamtes Ejakulat auf sie. Sie war über und über mit Sperma bedeckt. Oberkörper, Brust, Bauch. Es rann an ihren Seiten herunter. Sie war überglücklich. Der Fremde verabschiedete sich nach kurzer Zeit. Jetzt lag sie mit ihrem Ehemann in einem fremden Bett, in einem fremden Zimmer, in einer fremden Stadt. Sie merkte, dass sie ihn immer noch liebte, auch wenn die vergangenen Monate sehr anstrengend für beide gewesen waren, Stress, immer wieder Streit, wenig Zeit für sich selbst, kein Sex. Dieses Erlebnis hatten sie gebraucht, beide. Sie lachten sich an, sie küssten sich, sie versprachen, sich in Zukunft besser umeinander zu kümmern, sie schliefen zusammen ein.

EIN HERZ FÜR AUTOREN A HEART FOR AUTHORS A L'ÉCOUTE DES AUTEURS MIA KAPΔIA ГIA ΣYГГР, AZARLARIMIZA FÖR FÖRFATTARE UN CORAZÓN POR LOS AUTORES YAZARLARIMIZA GÖNÜL VERELIM SZÍ\ HER AUTORI ET HJERTE FOR FORFATTERE EEN HART VOOR SCHRIJVERS TEMOS OS AUTO\ MÖINKERT SERCE DLA AUTORÓW EIN HERZ FÜR AUTOREN A HEART FOR AUTHORS À L'ÉCOUT ĂO ВСЕЙ ДУШОЙ К АВТОРАМ ETT HJÄRTA FÖR FÖRFATTARE À LA ESCUCHA DE LOS AUTOR MIA KAPΔIA ГIA ΣYГГРАФEIΣ UN CUORE PER AUTORI ET HJERTE FOR FORFATTERE EEN F ÖINKERT SERCE DLA AUTORÓW EIN HERZ FÜR SCHRI ĂO ВСЕЙ ДУШОЙ К АВТОРАМ ETT HJÄRTA FÖR

Die Autorin

Die 1982 in Thüringen geborene Autorin hat nach
der Mittleren Reife eine Ausbildung zur Bürokauf-
frau absolviert. Danach ging sie als Quereinstei-
gerin in die Gastronomie und arbeitet bis heute
als Servicekraft. Sie ist verheiratet, hat drei Kinder
und lebt mit ihrer Familie im Landkreis Fulda. Zu
ihren Hobbys zählen Schwimmen, Lesen und
Schreiben, außerdem natürlich sinnliche Erotik. Die
meisten ihrer Geschichten hat sie selbst erleben
dürfen. Das Schreiben ist für sie Entspannung pur,
sie liebt die Menschen und deren Geschichten. Mit
„Ein Orgasmus macht alles gut, zwei machen alles
besser!" legt die „Erzähl-Fee für Erwachsene" ihr
erstes Werk vor.

Der Verlag

*Wer aufhört
besser zu werden,
hat aufgehört
gut zu sein!*

Basierend auf diesem Motto ist es dem novum Verlag ein Anliegen, neue Manuskripte aufzuspüren, zu veröffentlichen und deren Autoren langfristig zu fördern. Mittlerweile gilt der 1997 gegründete und mehrfach prämierte Verlag als Spezialist für Neuautoren in Deutschland, Österreich und der Schweiz.

Für jedes neue Manuskript wird innerhalb weniger Wochen eine kostenfreie, unverbindliche Lektorats-Prüfung erstellt.

Weitere Informationen zum Verlag und seinen Büchern finden Sie im Internet unter:

www.novumverlag.com